女人之约

新 星 出 版 社　NEW STAR PRESS

1982年毕淑敏任卫生所所长

1973年毕淑敏在陆军第12医院

序

　　文字在我们的脑海中驻扎，必有一个固定地址。距离它最近的邻居，是这个人的灵魂之塔。

　　每个字是一块砖，几百万字垒起来，就是一个小院了。给自己的作品作序，是一件不容易的事情，拖了很久。我不喜欢向后看，但这一次，必须回头，绕着院子走一圈。

　　多年前曾参加过一堂外籍心理学家的专业课。开课伊始，老师二话没说，拿出了一个亮闪闪的金属球。他手掌向下，把球放开，那球就垂直地停在他手指下方约一尺的地方。座位较远，我看不到更多的细节。按常识推断，我猜他手指中捏着一根细线，线的下端拴在金属球上。也就是说，这个金属球像一个沉重的钟摆。果然，片刻之后，他用另外一只手从某个方向强力推动了那颗球，球快速摆动起来。当晃到某个特定的角度，我果然看到了一根线。

　　不知道老师卖的是什么药，同学们目不转睛地看着他和那个球。老师笔直地站立着，手掌向下，肃然不动。金属球不停地荡着，摆幅渐渐缩窄。这个过程在凝视中显得很长，满堂死寂。终于，亮闪闪的球困乏了，震颤着抖了几下，寿终正寝似的停住。

　　你们从这个过程中，看到了什么？老师发问。

　　学生们开始作答。有人说，这证明永动机是不可能的。有人说，他在此过程中看到了力量。有人说，他看到了改变。还有人说，牛顿的苹果万有引力。更有人说第一推动力是上帝之手……

　　老师频频点头，好像每一个回答都正确。但我看出来那只是习惯动作，他扫视全场，焦灼地问，还有新的发现吗？无人回应。前述每一个回答都精彩，再无更惊艳的说法。

　　心理学家有些是很古怪的，此人基本上算一个。我不喜欢这种脑筋急转弯式的问题，

1

抱着事不关己高高挂起的漠然心态，静观其变。傻看了半天，老师还是毫不回转地等待。我很希望这个环节赶紧跳过去，突然就举了手。我被自己吓了一跳，胳膊居然不听大脑差遣，成了篡位的叛国将领。

充满失落和执著的老师，看到有人终于响应，急切道：你！看到了什么？

天啊，直到这一刻，我还没想出来该说什么。不过，我必须说点儿什么，要不简直就是滋扰课堂。我战战兢兢道，我没有别的意见，就是希望您赶快讲正式的课。

老师倨傲地说，我现在就是想知道你刚才究竟看到了什么。如果你实在没有新的看法，把别人的回答再说一遍也可以。之后，你会听到我的授课。

我匆忙判断了一下形势，明白不管我答得如何错乱，老师准备就坡下驴了。我愿意成全，又不想重复他人，慌不择路地说——我看到了时间。

老师眉梢乱抖，夸张地显示他的大喜过望，说：哦！好极了！时间本来是隐形的，但你现在可以看到它现身，从不动到动，从动到不动。我开讲心理如何始终处于时间流变中……

那天的课程究竟讲了什么，已然忘却，唯有金属球还在记忆中沉甸甸坠摇。

我发表处女作时已经35周岁了，一个老态龙钟的开端。那篇小说叫做《昆仑殇》，主题是尊严与生命，还有人的精神不屈。多年以来，我一直秉承着这个方向，迄今为止，并无改变。我是一个医生出身的写作者，从医二十多年的经历和训练，让我始终无法跳脱从医生的视角来看这个世界。我无法评说这个角度是好还是不好，但我知道沉淀在血液中的一些东西，难以过滤。

我刚开始写作就从中篇小说入手，不合常理。原因很简单，壅塞在喉咙里的话太多，篇幅短了说不完。而且我也不知道中篇和短篇小说有什么重要分别，以为只是长短的不同，有话则长无话则短。既然话多，就一个劲儿写下去，直到胸中的那一口饱含雪山冰冷的长气出完，这才告一段落。1987年，我到鲁迅文学院学习，才晓得了自己的冒失，违背了先短后长的惯例，冲撞了文学规律。于是自惭形秽，赶紧调回头来学着写短篇。在这个时间段内，中短篇小说创作量比较多一些。1994年，我的短篇小说《翻浆》和极短篇小说《紫色人形》，在台湾获得"第16届中国时报奖"和"第17届联合报文学奖"。获奖算不得什么大事儿，但我自忖这个缺漏补得大致说得过去了，从此可以率性去写长一点儿的东西。我开始写长篇小说《红处方》，费时一年多，1997年出版。之后我大约几年时间可以写一部长篇小说，这就有了2001年的《血玲珑》，2003年的《心理小组》，2007年的《女心理师》，2012年的《花冠病毒》。

长篇小说的工作周期比较长，精神和体能的弦不能永远绷得铁紧，需要加以分割。加之长篇小说从创作到取得一笔稿费的间隔比较长，好几年才能有一次收成，且不固定。为了抒发心中不时涌出的万千感慨，也为了得些小钱补贴家用，我在长篇小说的间歇节奏中，会写一些散文。多年积攒起来，大约也有了几百篇。这期间也曾写一些中短篇小说，数量不多。概因写作长篇小说和短篇小说的劲道不一样，如同舞动长枪和短匕，技巧有分别。我很抱歉自己是个不能一心二用的人，只好基本放弃中短篇小说的写作。散文则似乎和小说创作有轻度的绝缘，可从心所欲、互不相扰。

按时间顺序捋了一遍我的创作，自己也有豁然开朗之感。原来是这样啊！时间真是值得尊敬的单向街，它是组成我们生命的最原始的材料，一切都埋藏其中。

一个人说几点谎话不难，但要连续在几百万字中说谎话，很难。所以，还是在文字中说真诚而且自己坚信的话吧，直抒胸臆，坦率待人，比较容易和快乐。我的小说，说穿了，主题很简单。始终围绕着生命宝贵、人间冷暖、身心健康在喋喋不休地做文章，怕也是本性难移了。谁让我做过20年的医生，当过心理咨询师，又是一个做女儿、做妻子、做母亲的平凡女子？我守卫过祖国最高的领土，看到过这个世界上最壮丽的峰峦。从血管里流出的都是血，我期望从自己的笔端，滴下带有冰碴的温情。我不深究自己的能力，只是坚持单纯的信念，尽力而为。

生命是死亡到来之前的有趣过程，我喜欢文字给予我的淡而绵长的幸福。我的写作，犹如那粒动荡的钢球，已经晃动了几十年。推动它的外力，是对自己与他人生命的珍爱和渴望分享的激情。当我把对这个世界的话说完，会渐渐停下来，回归凝然不动的安息。

非常感谢简以宁女士的创意，出版我的小说编年体集，心中满溢感动。她不辞劳苦地把我多年前写的小说，从时间之水中打捞出来，像渔民晾晒鱼干一般陈列海滩，以备今日的读者们赐教。编年体小说集的好处，是让人们看到一个作者在流动的时间中的变与不变。

毕淑敏
写于2012年5月1日

目录

精品水 /001
苔藓绿西服 /005
月晕而风 /017
女人之约 /046
束脩 /082
雉羽 /100
米字电话键 /115
硕士今天答辩 /134

附录 /182
编辑说明 /186

精品水

大城市的各科专家骑了三天毛驴,到达了深山里的疗养院。虽说骨头被山路颠得快脱了榫,但看到青山绿水的森林景观,又有设备齐全的现代化设施,心中很满意。

"欢迎您到纯净的人自然来度假。我是刚研制出的环境智能机器人,将竭诚为大家服务。"一个山里人打扮的小伙子说。它的电眼看到一位女专家准备饮水的茶杯里有一粒小蠓虫,这在密林里是常有的事,就礼貌地走过去,把杯子又用水冲了一遍。

这样女专家就闻到了纯粹属于水的味道。

"这里的水有问题。"她很肯定地说,她恰是这方面的专家。

"怎么会呢?"机器人反驳,"这是最好的矿泉水。"

大家就没有再说什么,毕竟他们是相信科学的。但都对饮用的水特意留了心。

在第二天的餐桌上，趁机器人不在的当儿，专家1说："我仔细品尝了，这水确实有异味。"

专家2说："我一夜肚胀，头也昏昏，这是水土不服。咱们是不可能接触到土的，肯定是水有问题，女人是水做的，所以女专家最先发现了异常，我们不可忽视。"

"小伙子，搞一些更适宜我们的水。"0专家对赶来的机器人说。

小伙子迅速地检索了程序，知道在休养者中0专家是领导，他的指示必须遵行，就不断点头直到脖子发出嘎嘎的响声。

下一顿开饭的时候，小伙子兴冲冲地宣布，水是从一百里外绝没有污染的深潭里汲来的，周围没有人烟，可以调查到的野兽都是各自属类中的寿星。

专家们就抢着去喝水，自从怀疑水有问题，他们就一直忍着干渴，现在可以喝个饱。

喝完之后，专家们面面相觑，齐声说："味道更糟啦！"

机器人吓得脸色发褐，铁生了锈就是那个颜色。不用检索它就知道，假如它负责接待的专家们对它一致不满意，它就得被肢解。当务之急是要搞到让专家们心情舒畅的水。

第二天早餐，专家1说："稀饭的味儿好一些了。"大家颔首。

"中午的汤就更好一些了。"专家2说。大家顾不得答话，只用咕咚咕咚的咽水声响应他。这两天真是渴坏了。

到了晚上，连最挑剔的女专家也不得不承认：水质已完全恢复正常，算得上是精品了。

"看来对下属，不批评不督促是不行的。"O专家深有感慨地说。

以后的日子，小伙子跑来跑去的不知从哪儿拎来精品水。大家食欲大开，这才真正领略到山野风光。只是精品的产量似乎有限，仅能保证大家饮用的，质量有时略有波动。洗脸还是用普通水，充满异味。看着小伙子忙得关节处都渗出油来，虽说知道它是不知疲倦的机器人，专家们还是挺过意不去的。

告辞的时候，女专家提议给小伙子的上级写封感谢信，大家都同意。

铺好了红纸，蘸黑了墨笔，大家问小伙子："你一天为了取水，要跑多远的路啊？这水到底是怎么来的呀？"

小伙子知道自己的程序中规定，对专家们的话要有问必答，以专家们的满意为最高行动原则，就原原本本地回答："我先是在极纯净的山泉水里加了漂白粉，大家就说味道好一些了。然后我用一个长了红锈的大铁桶贮藏它们，大家就说更好一些了。在鼓励下，我进一步思考提高水的质量。我把水桶放在密闭的汽车库里，让引擎持续发动，尾气管对准水面吹。这种水受到了最高的评价，但费用较高。我试验了几种代用方法，比如把水桶拎到公共场合，存放10小时以上，基本上也可达到同等效果。至于具体放在何处最好，经过统计学处理，结论是这样的：把水放在会议室，特别是不禁止吸烟的地方最好。其次是商店里，越拥挤的柜台边越好。我由此得出一个初步设想，是否人越密集的地方对水的精品化越有利？我就把水桶拎到小学校去。但实验的结果不理想。大家中间有一两次对饮水的质量不甚满意，就是这个缘故。失败的原因是教室四处透风，无法聚集气息……"

专家们瞠目结舌。

小伙子谦虚地说："我做得还很不够，方法也是手工操作比较原始。今后精品水的制作，还要向工厂化发展，请专家多指教。"

苔藓绿西服

我是一个售货员,卖衣服的。在一家大商场。

新到一批男式西服。据说为了适应顾客的求异心理,每件的颜色样式都是独特的。做工精细,价钱也与之匹配。于是便看的人多,买的人少。我却并不轻松,要回答各式各样的问题。明知道他不想买或想买也买不起,也得从架子上把衣服妥妥帖帖地递过去,由着他在四周都是镜子的廊柱旁,立正稍息左右转体,刹那间绅士起来。直看得酣畅淋漓了,再假装突然发现或是大了或是小了或是有个实际上并不存在的小毛病,冒充风雅地说一句:"麻烦您了,请收起来。"我就得"买与不买一个样",不动声色地把带着体温的西服,挂回原来的地方。

这工作使人乏味。我爱卖处理品,那时候你高贵得像只熊猫。人们围着你气喘吁吁,各种年龄各种方言的语气惊人统一,央告你赶快卖给他们一件。高档西服则不同,来浏览的人都自觉有身份,你理应像仆人似的侍候他们。

正是下班时间,街面上像暴雨来临似的沸腾,我的柜台前却很冷清。人们买昂贵商品都愿意起大早,好像西服也要带着露水才新鲜。

售货员太寂寞的时候,希望有人来打扰他。一如退了休的老工人渴望抱孙子。

一个男人和一个女人,手轻微挽着,走过来。男人略有秃顶,穿着很整洁的中山服,左上小兜的兜盖却别在了兜里,剩一粒晶蓝的扣子突兀地鼓起,像一只孤悬的眼睛。对这种男人的年龄,我一般要从外观印象里刨下几岁,好像把得过松的土地,要扣掉暄土,才能看到真正的根系。女人青发飘飘,身段姣好,脸上化着极素雅的淡妆。她并不能算是很漂亮,但有一种高贵的气质,像光环一样笼罩着她。人们看到她的现在,就推断她年轻时一定更为出众。其实中年才是她容貌最端庄的时候。一种熟透了的职业妇女的气息,从她色泽剪裁都非常合适的衣着里冲盈而出。我把她的实际年龄向上放大了几岁。两个折扣打下来,我断定他们俩是夫妻,年龄相仿。

这不是什么了不起的本事,也不是作家或算命瞎子的专利。跟人打交道,推断他们的关系,无非是熟能生巧,就像我一下子能说出他俩穿多大尺寸的衣服一样。

"这里也不一定有。"男人疲倦地说,"我要赶回去开一个会了。"

"这里没有,我们就再去一家商场。就一家,好吗?"女人很有耐性地恳求。

男人不为所动,刚要反驳,女人"哇——"地叫了起来:"总算找到了!就在这里!快,快把那件西服拿过来!"

这女人是南方人。只有很南的两广人,才用这种突如其来的"哇——"来表示极大的惊异和感叹。

"要哪件?"我冷静地追问。

"要那件苔藓绿西服。"女人用手一指,果断得如同一截教鞭。

我统辖的"大军"五花八门,因此也就适应了顾客们杜撰出的稀奇古怪的指示代词。比如这一排浓淡各异的绿西服,人们一般称为深绿和浅绿。独特些的称呼橄榄绿、苹果绿。一次有位顾客叫我给他拿那件豆虫绿的,我脖子后面一阵刺痒,几乎要对他说不必买西服,到那边柜台买一件大襟棉袄吧。如此精确形象地把这种难以言传的黄绿相糅的颜色称为苔藓绿的,她是头一位。

我把苔藓绿西服递到他俩中间。女人伸手接了,抖开。男人张开两只手,大鸟似的,等女人来给他穿。

这个颜色的西服极少有人买。它暗淡无光,毫无特色。但我承认这女人还是很有审美眼光的。这件不出色的衣服穿在这个不出色的男人身上，使他立刻出色起来。这种效果并不常见。

"这就是你要找的那种颜色？这有什么好的！"男人平静的面孔，难得地露出惊异。

女人正围着男人转着圈地看，好像他是一株刚开花的植物。听了这话，直起身："你说过，只要是我喜欢的，你就喜欢。"

"多少年前的老话了。你怎么还记得？"男人有些不耐烦。

"可你的衣服穿在身上，主要是我看。"女人坚持。

"在家当然是你看喽。可我在外头，上面要看，下面要看，方方面面都要看。这颜色不好。"男人很坚决，没有丝毫余地。

"那你喜欢什么颜色？"女人退步了。

"藏蓝。"男人简捷得像吐出一个口令。

我的眼睛已经瞄好了适合男人身材的藏蓝色西服。这样一旦拿起来，可以迅速成交。

"那你就穿上这件苔藓绿西服，看着它……"女人热切地说。

不但那男人觉得女人啰唆，我也觉得她毫无道理。

"我要开会去了。"男人甩下女人，径直走了。

女人执拗地沉默了一会儿，也走了。

第二天，该我调班。也就是说，不上昨天那个班次了。我们的班次很复杂，有多种组合方式。所以你若是在某个售货员手里买的货想要退调，在以后的同一时间去找他，是一定找不到的。有个同事病了，我代上他的班——就是昨天我上的那个班次。

一切都同昨天一样,窗外的沸腾与窗内的冷清。

一个男人和一个女人走过来。

"这里卖的西服质量很好。"女人说。

"我已经有好几套西服了。不缺的。"男人说。

"但我要给你买。我送你,你不要么?"女人说。

"你愿意做什么就做什么。"男人温存地耳语。

他们旁若无人,好像我不是一个操着同他们一样语言的人。其实他们是对的,他们买西服我卖西服,在下一件西服购买之前,他们再不可能遇到我。纵是到了购买的时间,他们也不一定非要到我们店而我也未必还在卖西服。

他们的目光像雷达似的在货架上睃巡,我知道尚未到决定的最后时刻,还可以偷片刻清闲。

那女人说了一句话,使我对她刮目相看。

她说:"嗯——还好。还在。请把那件苔藓绿西服拿给我。"

苔藓绿!我克制住自己的惊讶,在把西服递给她的同时,仔细打量她。

是的。正是昨天晚上那个时刻的那个女人。她化了很厚的妆,这使她远看显得年轻近看显得苍老。

我又仔细去观察那男人。从开始的对话里,我已知道这男人不是那男人,观察的结果还是使我大吃一惊。这男人无论年龄、装束、甚至面貌,都同昨天那个男人相似。只是他没有秃顶,生着恰到好处的头发。我甚至怀疑是否昨天那个男人配了个假发套。

我把西服递给女人，女人把西服递给男人。

"好么？"男人穿上问，并不看镜子，只看女人。

"好极了。"女人的脸透过白粉，显出红润。

"你既然这么喜欢这颜色，那么我去买一件女式的送你。"男人温柔地说。

"我们一人一件，当然更好了。只可惜……"女人快活地说。

"你穿，我就不穿了吧。你一定要送我，就送我一件铁锈红的。"

"这么说，你不喜欢苔藓绿？"女人白粉下的表情僵住了。

"喜欢。不过我更喜欢铁锈红。我们应该说真话，对吧？"

"是的……说真话……"女人喃喃地重复着，吃力地将苔藓绿西服推还与我。

"走吧。"女人小声但很清晰地说。

"我们下次什么时候还见？"男人殷切地问。

"我们还是不见好。这是真话。"女人说罢，先走了。

我和男人一同注视着女人的背影消失，许久之后，男人也走了。

他们走后，我把刚挂好的苔藓绿西服摘下来，像海关验照似的审视一番。这绿色确实古怪，唯有以苔藓称之才惟妙惟肖，看着看着，苔藓绿突然消失了。代之以我平日最喜欢的桃粉色。这当然是活见鬼，我知道这是对某种颜色注视过久产生的错觉，就像人们站在阳光下看红纸上的黑字,要不了多久,就会显出如蚱蜢般的翠绿色。

我挪开目光,过了一会儿忍不住去瞧,桃红色的西装颜色暗淡了些,却依旧夺目。我强制自己许久不去看它。后来才一切正常,苔藓绿又安安静静地挂在那里了。

以后我每日上班,都有意无意地扫它一眼。只一眼,并不多看,我怕再出现那种蹊跷的错误。它像一个年老的房客,不管周围的伙伴如何变换,它总是一如既往地住在那儿,任凭灰尘将它落成瓦檐色。我不知那文静的女人还领着其他的男人来过没有,但苔藓绿西服一直无人问津。

"你们这儿的苔藓绿西服,没有了吗?"

终于有一天,我听到一声含义复杂的呼唤。我立即断定是她。面前的女人显得十分苍老了,满头灰发像一段混纺的派力斯衣料。她领着一个小伙子,匆匆赶到柜台。

"有,有。"我忙不迭地回答,在转身的瞬间,巧妙地拂去灰尘,使苔藓恢复雨后般的滋润。

"啊!我们终于没白跑!"女人欣慰地感叹,男孩倒显得无动于衷。

"穿上,穿上。"女人前后左右翻看着西服,像魔术师在展示他的道具,然后很珍重地给孩子披上。

"喜欢吗?"女人紧张地问。

"很喜欢。"男孩子边思索边回答。

我听见那女人长长吁了一口气,连我也感到快慰。她终于等到了知音。她这次换了个年轻的男孩,这很正确。对某种颜色的喜爱,是深藏在眼球里的秘密,别人是没有力量改变的。

"我们要了。"女人掏出华丽的钱包,开始付钱。

"妈妈,我自己来。"小伙子坚持要自己付钱,他年轻而雪白的牙齿亮闪闪。

我把衣服包好。

"这种橘黄色的西服,很少见。"小伙子说。

"孩子,你管这颜色叫什么?"女人像被沸水烫了,猛然把预备拿包装袋的手缩了回去。

"橘黄呀。不是吗?"小伙子惊讶极了。

"它怎么能叫橘黄,它是苔藓绿呀!你没听见我叫它苔藓绿吗?"女人骇怪地说。

"苔藓绿就苔藓绿好了。多么拗口的一个名字,它还不是它吗?叫什么不一样。"小伙子比他的妈妈更显得莫名其妙。

"不。苔藓绿不是橘黄,不是。孩子,你是不是看它的时间太长了?"女人还存着最后的希望。

"妈妈,辨认颜色是最简单的事。一秒钟就足够了。"男孩毋庸置疑地说。

"我们两个人之中,有一个错了。"女人带着无可挽回的悲哀与坚定说。

退款拆包,苔藓绿又回到它原来的位置。

以后,每逢我再看到苔藓绿西服,便感到它附着一团神秘,虽然它其实连一分钟也不曾离开过我的柜台。我每天将它的灰尘掸得干干净净,希望它能早早卖出去。

终于有一天,我走进柜台时,感觉到了某种异样。果然,在那道西服的长虹里,少了苔藓绿。

"苔藓绿哪里去了?"我急着问交班人。

"什么苔藓绿?还葱心绿韭菜绿呢!"交班嘻嘻哈哈地开着玩笑。我想起,苔藓绿是一个专用名词。

"就是那件原来挂在这里的,"我指指苔藓绿遗留下的空隙,"说黄不黄说绿不绿……"

"你说的是它呀!它可是这批西服中的元老了,怎么?你想要?"

"不!不……"我不知如何说得清这份关切,"不是我要,我只是想知道它哪里去了?"

"货架上的一件衣服,没有了,必然是被人买走了。"交班极有把握地说。

"是不是一个女人带着一个男人?"我追问。

"一天卖那么多衣服,谁能记得过来!"他说。

他说得对。我问得过分了。不管怎么说,我祝愿那个文静的女人幸福,虽说她有点儿古怪。

可惜,我错了。

一个晴朗如牛奶般纯净的早晨。商场巨大的茶色玻璃将明媚的光线,过滤成傍晚的气氛。一位老女人,成为我的第一名顾客。

"请给我拿那件苔藓绿西服。"

她又来了。她的白发更多更密,已经显出冬天般的荒凉。

"对不起,我们这里没有这种颜色的西服。"我彬彬有礼地回答她,就算我们不相识,售货员通常对清早的第一位顾客态度都很友好。

"请您仔细找一找。我的眼睛已经看不清了,无法准确地指出是哪一件。但它肯定在,人们都不喜欢它,我的用词也许不大准确,它不叫苔藓绿,也能叫橘黄或其他的名称。麻烦您了,请费心。"她怔怔地看着我,其实是透过我在看货架上的衣服。

"这种苔藓绿西服只有一件,它被人买走了。"

"真的?"她的眼睛突然冒出惊喜的火花。

"真的。"我斩钉截铁地告诉她。

"是一个男人?"她仿佛不相信地问。

"是一个男人。您知道,我们这里是专为男人们卖西服的。"

"不。我今天来,如果苔藓绿西服还在的话,我也要把它买回去。"老女人郑重地告诉我。

"谁穿?"我冒昧地问。

"我穿。"她毫不含糊地回答。

这女人着实把我搞糊涂了。我知道,随着苔藓绿西服的消失,她也不会再出现了。

"能告诉我您为什么这么喜欢这种颜色吗?"我问。预备着被拒绝。没想到她很愿意同我交谈:"因为我是这种染料的设计师。所有的人都说不好看,就只用它染了一块衣料。我的丈夫,我的朋友,我的儿子……我的父亲已经过世,不然我也会让他来看这块料子做成的西服,可惜他们都不喜欢。我常常来这里,在远处观看,没有一个人挑选过这件西服……"

她垂下那颗白发斑斑的头。

"其实,这是一种很奇特的染料。你可以不喜欢它那暗淡的绿色,但是你只要注视着它,几分钟以后,它就会变成你所喜爱的颜色。它耗费了我巨大的心血……"

我觉得脊背一阵发凉。原来那美丽的桃粉色,不是眼花缭乱,而是一项惊人的成果!

"可惜,他们都不肯注视着它,连几分钟的宽容也没有……"她苦笑着,片刻后又转成真正的微笑:"现在好了,终于有人喜欢它了。"

我想告诉她,我曾经看到过苔藓绿西服变幻颜色,但我终于什么也没说。我毕竟不是出于喜爱,而只是由于偶然。我现在很羡慕那件买去了苔藓绿西服的男人。他是一个幸运者。

女人走了。我明白永远也不会看见她了,便注视着她很慢很慢像沉没一般从楼梯口消失了。

许久以后,一次清仓查库,我在报废物资堆里,看到了那件苔藓绿西服。

"怎么在这里?"我觉得头痛欲裂,伴随着恐惧。

"它为什么不能在这里?老鼠在上面咬了一个洞,我就把它从货架上取下来了。"经理回答我。

我久久地注视着苔藓绿西服。

它并没有变色。不知是染料失效,还是我心目中最喜欢的颜色已经就是苔藓绿了。

也许,苔藓绿根本就不会变颜色。

月晕而风

北宋年间。

闽海都巡检林惟悫重病在身,每日进食不过一盅,进药却满满三碗,病还是一时时往膏肓里去了。

他的发妻王氏,已先他撒手西行,唯一的爱子林洪毅,也早年葬身海腹。五个女儿出嫁在外,膝下只有最小的女儿默娘和一个婢女小眉。

"小眉,阿默到哪里去了?"垂危的老人从昏睡中醒来,不见女儿,声音颤抖地急急问道。

"小姐正在向菩萨进香,她发愿欲减自己三十年阳龄,求能添您十年寿数。"

几滴巨大而沉重的泪珠,沿着老人瘦削的脸庞滚落下来。林惟悫已无力转头,泪水便像一只透明的小虫,流进他的耳朵里,先热而后凉。

女儿，你好傻呀！

默娘早已长大成人了，她知天文水象，会行医治病，俨然一方灵女。附近渔船出海捕捞以至番舶远涉重洋，无不向她打探海情，但在父亲眼里，她却永是那个生后一月还不知啼哭的婴孩。林惟悫知道，自己的病对女儿是多么沉重的打击。现在，他不再忧愁自己的生命，而在思虑没有了自己，女儿将如何生活下去。

也许不该为她起名"默娘"。女儿内心秀慧，外表却极庄重。她的几个姐姐，都已儿女成群，唯有阿默，矢志不嫁。以前她母亲在世，没有少劝过女儿，默娘总是安安静静地听着，待到母亲再也没有什么要嘱托的话了，才低着头，顺从地说一句："阿妈，我知道了。"之后便绝无下文。她知道了什么？知道了这是天伦之常，还是知道了这是父母的一片苦心？林惟悫不知道。这是一个大题目，老父亲知道自己是无力说服女儿的。

那么，从此她就要孑然一身了……

"阿爸，您今天看起来，气色要好得多了！"林默娘推开房门，放进灿烂的阳光，步履轻盈地走了过来。她身穿一袭素雅的衣裙，脸色十分苍白。因为有了做作出来的惊喜，面容才有了一层轻淡的红晕。

"阿默，我也觉得好多了。"

林惟悫尽量将所有的气力都集聚到咽喉，那声音便真的显出清朗与平稳。

接着,便是静默,长久得令人感觉到压抑的静默。远处,传来涛声。无边的海浪像一曲低吟的悲歌,徐缓而滞重地拍打着沙滩。

讲完了久已想好的第一句话,下一句该说什么?都知道对方说的是假话,又都怕对方识破自己的假话。在生与死的藩篱面前,最亲近的人也变得如此陌生。

忽然,一团嘈杂的人声由远而近。

林默娘焦虑地蹙紧眉头。父亲病重,气息已若游丝,任何一种紊乱的声响,在他都如斧砍刀劈。她低声唤过小眉:"你去对外面的孩童们讲,请稍静息些。就说我阿爸倦了要睡,求他们到远处去玩吧。"

小眉点头应着,像一片轻灵的落叶,无声退去。

默娘绞了一方丝帕,轻柔地拂去父亲额上的水迹。林惟悫昏然睡去,冷汗如油。她心中不由得痛苦地一悸:这是恶兆。老父虚阳外越,性命已危在旦夕了!

无论林默娘怎样命令自己,万不可在父亲面前哭泣,泪水还是难以抑制地往下流淌。

门外的嘈杂错乱之声,不但没有熄灭,反而像涨潮一样,越来越喧嚣了。

林惟悫终于被惊醒了。这一次,他真的感觉清爽多了。

"阿默,你哭了?"他亲切地问女儿。

"没有,阿爸。不过是刚才进香时灰刮进了眼睛。"林默娘连忙拢拢头发,将泪水擦干。

林惟悫悠长地叹了一口气。从小看大的女儿,瞒得过旁人,你还瞒得过阿爸么?

"默娘,听阿爸问你一句话。"林惟悫知道留给自己的时间已经不多了,他需要赶紧做。

"阿爸,我听您说。"林默娘端来一把小竹椅,偎在阿爸的病榻前。一霎时,光阴仿佛迅速地倒流回去,满头青丝的林惟悫正在给咿呀学语的女儿,讲着古老的故事。

"默娘,你说这天下之大,莫过于哪里?"林惟悫虽然喘息不止,双目却依然闪着睿智的光芒。

"天下之大,莫过于沧海了。"林默娘略一沉吟,随即答道。

林惟悫微微颔首。默娘是他最疼爱的女儿,也是他最聪明的女儿。八岁时同哥哥一起入私塾读书,先生只教了一遍,一向号称聪颖的洪毅尚未听懂,默娘已耳熟能详了。

"阿爸再问你,这天下之险,莫过于哪里?"

"这天下之险么,"林默娘稍费思忖,"闽距京城万里,重山叠嶂,这大约就是天下至险的路了。"

"不对。默娘,再好好想一想。"林惟悫困难地皱了皱眉头。

林默娘开始只当父亲不过随便说说,见老人真的动了神思,也就仔细琢磨起来:"阿爸,我晓得了。小时候读过李白的诗《蜀道难》,'噫吁嚱,危乎高哉!蜀道之难,难于上青天!'那么,这天下至险,该是指蜀道了。"

林惟悫已无力用手去抚摸女儿的青发,他慈爱的目光温暖地注视着默娘:"阿默,你还是没有说对。这天下至险,并非蜀道。"

"这……"聪慧的林默娘难得地语塞了,她秀美的双目从父亲脸上移到挂满字画的墙壁,又从墙上窗口游到广袤的天空……蓦地,她感悟到什么,刚要张口,又灵巧地将话语像青橄榄一样含在舌下,换了一句:"阿爸,我真是猜不出来。您告诉我吧!"

面对着女儿小小的娇憨,林惟悫苍老的面颊浮现出生动的微笑:"你眼睛怎么光望着天外,竟忘了自家脚下?这天下至险者,莫过于海道。"

一阵庄严而可怖的惊涛声拍岸而来,单凭那宛若千百面战鼓声的巨大轰鸣,就可以想见那壁立的波峰浪谷是怎样陡峭而狰狞。

林默娘没有答话。她是海的女儿。对于海的威严,海的暴烈,她比别人有着更深切的体会。父亲的一生,都是在海上度过的,父亲对海,了若指掌。只是这个时候谈论海,对于一个垂垂老矣的病人来说,是太不相宜了。

"默娘,你知道天下至不仁者,是哪个么?"林惟悫自己转换了一个话题。

"天下至不仁者，莫过于盗贼了，阿爸。"这一次，林默娘不假思索地答道。她知道父亲一生缉盗，最痛恨杀人越货的剪匪了。

"阿默，你说得极是。"林惟悫嘉许地点点头。这不是一个很难回答的问题，出于对自己一生所从事的事业的热爱，林惟悫的脸上焕发出光彩。

窗外人声鼎沸，一时间竟压过了汹涌的涛声。小眉匆匆赶了进来："老爷，小姐，门外聚了许多等待出港的渔船，想向小姐打探一下天气海情。不然，大家都心中无数，不敢扬帆远航。"

林默娘看了一眼窗外的天色。天被褐色花岗岩的窗榻子囚禁着，分割为破碎的残片，半朵白云窗花似的缀在窗洞边，看不出是想飘过来还是要散于去。林默娘又轻轻搭起父亲的脉息，极细极软，似有似无，有边无中，起落模糊、如扣及一截灼熟的葱管，已是极重危之象了。

"小眉，你去告诉乡亲们，父亲今日……病体欠安……"无论默娘怎么克制，话语中还是带出呜咽之声。她调起全身精气，以让自己不要过分失态，"请乡亲们多多见谅。这看天观海，原需极沉稳的心境，默娘今日实难安心。待父亲病体稍稍见好，默娘一定登门将海象告知大家，望乡亲们请回吧！"

林惟悫听言，刚要说什么，一股浓痰翻涌而上，哮喘不止，话终于没有说出来。

小眉走出去了。嘈杂之声像被一床棉絮罩住，渐稀渐薄渐远，终于寂静如轻烟般飘散了。

"默娘,你告诉阿爸,阿爸的病,究竟怎样了?"待喘息稍定,林惟悫虚弱地问女儿。

"阿爸的病正一天天好起来。"林默娘直视着父亲的眼睛,毫不迟疑地说。她一点儿也不感到自己在撒谎。尽管父亲的脉象气色和心中的预感,都恰恰与之相反。但此时此刻,她完完全全明明白白地相信自己说的是真话。

"默娘,休要瞒阿爸了。你从小就能预知吉凶祸福,还记得你十六岁那年的事吗?"

"不……不……阿爸,我不记得那些事了。小眉,你快把我炖的参汤端来吧。"林默娘实在不愿父亲在此时回忆如此悲惨的往事。

林默娘的苦心没有效果。林惟悫以老年人的执拗,打开了记忆的闸门,痛苦和欢乐,像一尾尾鲜活的鱼虾,闪着耀眼的鳞光跳跃而起。

那一年的扶桑花开得如火如荼。一朵朵嫣红的花穗,像一把把朝天的喇叭,不知疲倦地吹着欢愉的乐曲。长长的花蕊像调皮的少女,不听管束地从花芯匍匐而出,探头探脑看到外面五颜六色的世界后,又羞涩地低下了头,把纤巧的腰身弯曲成一道美丽的弧线,像对人们行着优雅的"扶"礼,衬以苍翠如滴桑叶形的叶子,难怪人们要称它为"扶桑"了。

哥哥洪毅将一朵扶桑花,插到小妹发中。

"阿默,你答应我的'百子图',可要快快织,不得偷懒哟!"

洪毅就要同父亲驾舟渡海北上,一家人在海滩上为他们送行。洪毅与小妹说着玩笑,他下月便要赴京赶考,默娘答应要送哥哥一幅百子图织锦,因为今日看天,明日观海,锦上一百个孩童,竟总也织不完。

"哥哥,你与阿爸此次出海,几时回来?"

"三天后定可回来。"林洪毅很有把握地说。

"百子已织了九十,还有五双,三天后定可织完。"林默娘也很有把握地说。她猛一抬头,看见哥哥,突然像看到一位陌生人,再看父亲,也觉得与平日有异,不安像潮水般铺天盖地而来。

这是怎么回事?亲人出海,该带走美好的祝福,林默娘极力排解着心中的忧郁。情感的潮水退去了,但不安的思绪却像礁石般屹立在原处,噬咬着她的心灵。

"阿爸,阿爸,今天就不要出海了,改一改行期吧!"林默娘终于说出了自己的忧虑。

天蓝得令人眼晕,在极高远的天际,飘拂着丝缕状的云翳。云层轻薄得几乎透明,唯有四周垂下耳环般细致精巧的钩簇。阳光沁过薄纱般的云网飘然而下,化作点点金屑,装点着平滑如镜的海面,看不出丝毫恶兆。

"阿默,阿爸公务在身,要去缉拿一伙作恶多端的盗贼,时间紧逼。"林惟悫对女儿说。

"小妹,有我做阿爸的左膀右臂,你就放心好了!"林洪毅充满信心。

爸爸和哥哥走了,林默娘的心,也跟着走了。她强制自己坐下织锦,心中却充满莫名其妙的恐惧和哀伤。她忍不住丢下梭子,又跑到海边。两天两夜平平安安过去了,到了第三天早上,天上的云,迅速地聚合又分离,仿佛彼此间在争斗不已,终于又恢复了暂时的安宁,但顷刻间云丝又变幻得犬牙交错,精巧的钩簌膨胀锋利起来,像一柄柄青钢打铸的利箭,从变成苍黑的天穹俯探下来,直揿海面。

西风起了,大海掀起狂涛。

林默娘忧心如焚,把自己关在室中拼命织锦,这可是哥哥要的百子图啊!头上的扶桑花已经枯萎,哥哥今天就要回家了。一百个快乐无比的孩子已经织完了九十九个,只剩下最后一个。正确地讲,这最后一个孩子也已经织完,只剩下他一双胖乎乎的小手。

织机声铿锵,海涛声訇然……

忽然,眼前的锦缎陡起波澜,林默娘看到父兄的帆船在狂风中激烈颠簸,橹倾舵折,情形万分危急……

妈妈听到织房内声响怪异,完全不像默娘平日织锦时的从容镇定,急忙走进去看。只见女儿一手抓梭,一手扶杼,两脚将机轴踏得上下翻飞,脸色如霜雪一般惨白,珠贝似的牙齿将嘴唇咬得渗出血丝,一粒粒汗珠把漆黑的鬓发胶黏在一起,像一片片被淋湿的鸦羽。

"阿默,你怎么了?快醒醒!"妈妈惊恐万分,连声呼叫。丈夫和儿子在波涛汹涌的海上生死未卜,最心爱的小女儿又突发急病,怎不叫她心如刀绞!

林默娘手中的织梭,像一条濒死的鱼,沉重地坠落到地上,溅起一片飞尘。她疲惫地睁开双眼,茫然地打量四周,仿佛完全不认识这个家了。待看到哺育自己十六个春秋的母亲时,这才猛然清醒过来,顿足痛哭道:"妈妈,妈妈!您不该把我叫醒啊!我刚才脚下踏着阿爸的船,手里抓着阿哥的船,我想把两条船拢到一起,正在拼命与风浪相搏……现在,父亲得救了,哥哥他已经……不在了……"

妈妈半信半疑,只当女儿是忧思过甚,忙安顿默娘躺下好好歇息,一边派人去打探消息,没想到结果竟同默娘所说一模一样。

多少年过去了,林惟悫还清楚地记得当时的情景。怒涛中,似乎有一股神力自天而降,帮他稳舵操桨,与爱子的船一寸寸靠近……他伸出自己青筋毕露的手,握住女儿纤巧秀丽的手。当年,这双手挽狂澜于既倒,把父亲从风暴中拯救出来,现在,父亲要把最后的力量,传递给从此孤独地留在世上的女儿。

林默娘还沉浸在悲苦之中。哥哥要的那幅百子图,终于没有织完。第一百个孩子手中所捧的寿桃,永远地失落了。

"默娘,你见过江河是怎样入海的吗?"垂危之人的思缕,也如风筝一般飘忽无踪,林惟悫又跳跃到另一个话题了。

"江河入海,见过的,阿爸。不就是淡水汇到咸水里去了吗?"林默娘强忍悲怆,顺着父亲的思绪说去。只要父亲不再追忆失去爱子的痛苦,她愿意同父亲谈论任何话题。

"那江河入海之处,江便渐渐地宽,岸便渐渐地远,水便渐渐地缓,终于和浩瀚无涯的大海,汇成茫然不分的一片。你就不知道什么是江和海的界限了。"林惟悫深邃的目光望着遥远的地方说。

林默娘点点头。她虽然聪敏,却还悟不出阿爸这番话的深意。

"默娘,在为父看来,这江河好比是人的生,这浩渺的大海,就是人的死。无论人的一生多少跌宕起伏,逶迤盘曲,最后终要归入横无际涯的大海。阿爸现在,就已到了这江与海的交汇之处了。"林惟悫安详地说。

"阿爸⋯⋯"

林默娘想反驳父亲几句,想安慰父亲几句,但在林惟悫肃穆如天辽阔如海的睿智面前,所有的语言都褪为苍白。

"阿默,不要为父亲悲伤。作为一个驰骋海疆的都巡检,同至险至恶的风浪海匪为伴,我能享此高寿,已是天幸了。"林惟惪深长地吸了一口气，抖擞精神又往下说道，"默娘，你已经长大了。这些年来，阿爸看着你为乡亲们治病解难，造福桑梓，心中甚感宽慰。我与你母亲一生为善，菩萨便给了我们你这样一个好女儿，我和你阿妈，也可以含笑九泉了。我就要去了，你万不要太悲伤。你看，在江和海的交接处，江和海都是那样的博大而平稳。何况，在海的那一边，站着你的列祖列宗，站着你无疾而终的母亲，站着你英年早逝的阿哥……我们会在海的那一边，天天为你祝福。"

"阿爸啊……"林默娘压抑了许久的泪水，像扯断的珠链一样纷披而下，她痛彻心扉地哭泣着，天地为之动容。

阿爸的手，握着她的手。一种源远流长的生命，在其中传递。

"阿默，该说的话，阿爸都已经说过了。阿爸不懂你的神术，但相信你所说的观天测海须要心静。生生死死，犹如潮起潮落，皆是天命，非人力可以抗拒。乡亲们既来问你海象，你就最后听一次阿爸的话，安心测海去吧！"林惟愨说完这长长一席话，已是殚精竭虑渐入弥留了。

林默娘的泪水已经干涸，她怔怔地望着面容清癯形色枯槁的父亲，看到他的眼睛如同暗夜中的火把一样熠熠发光，那光芒已不再属于这个世界，它充满博大的智慧，也充满了死亡的气息。深谙医术的林默娘，知道父亲最后的时刻到了。

"默娘，你快去呀！"父亲的口唇翕动，声音已微弱得几乎听不清了。

一切针砭药石都已无济于事,但默娘不能走,不能走啊!

父亲还在喃喃低语,梦呓般地重复着他的嘱托。

林默娘犹若石雕一般地站起身,巨大的悲戚像台风一样旋转翻腾,她的心却如风墙中的风眼,铁水般地凝结了。

父精母血,曾经给了林默娘血肉之躯,现在,父亲的爱与智慧,像温馨的巨掌,将林默娘托举到了一个超凡入圣的境界。父亲的血脉在她身上涌动,父亲的生命,在她躯体中延续。父亲将永远与默娘同在!

"阿爸,我去了。"林默娘俯在林惟悫耳边轻轻说。仿佛一个小女孩告诉正在午后小憩的父亲,她要到海边去捡贝壳。

林惟悫突然睁大了眼睛,脸上因此显得生机勃勃:"阿默,穿那件红衣吧。碧涛万顷之上,朱红最鲜明悦目,阿爸远远地也能望得到你。"

林默娘换上一套朱衣,裙裾飘飘,宛若一片灿烂的红霞,来与父亲辞行。

"你若上湄洲屿,带上小眉一起去吧。"林惟悫说。

"不。阿爸,小眉还是留在您身边,也好有个人服侍。我不要紧。"一向温顺的林默娘,这一次不再听从父亲。

"我身边有邻人照料。湄洲屿风大浪急,你一个人去,我实在是不放心啊!"林惟悫的感情向来锁闭很深,也许意识到诀别在即,他难以自制,声音哽咽。

林默娘不敢再忤父意,与邻人交待了几句,服侍父亲喝下参汤,携了小眉,便出门去了。

林惟悫困难地侧转身子,用昏花的老眼伴随着林默娘远去的身影。紫衣红裙,飘然而去,像一片越飞越远的枫叶……他多么希望女儿能再回一次头,看一眼他,他再看一眼女儿啊!

林默娘始终没有回头。她一步又一步,艰难却决不迟疑地向前走去。她知道自己若回一次头,就再也没有勇气举起脚步了……

于是,在林惟悫渐渐涣散冷却下去的瞳孔里,便永远留下了女儿火焰一样的背影……

无垠的东海如同一张喜怒无常的神秘之面,傲然漠视人世间的一切疾苦。随心所欲地翻云覆雨。湄洲屿像一道黛色的浓眉,横亘于海涛之上。湄洲峰像攒起的眉棱,冷对着苍天碧海。

林默娘挽着小眉,行走于犬牙交错的礁石之上。小眉是穷家女儿,筋骨强健,她日夜照顾默娘起居,知道因为父亲病重,林默娘忧心如焚,多日几乎水米不进,身体十分羸弱。但一到海滨,默娘轻捷如鸟,竟完全甩开小眉,跳跃于礁盘之上,仿佛一股游动的蜃气,海风将她黑色的秀发吹拂而起,像一面忧伤而悲壮的灵旗。

"默娘姐,等等我!"小眉气喘吁吁地叫道。

"我等你,潮水不等人哪!"林默娘无暇他顾,飘然向大海深处越去。

海在一瞬间，向林默娘展开了它的全部秘密。

默娘眼中，海像柑橘一样地裂开了，一层层的海浪像书卷一样排列分明。在重重叠叠的水波之中，鱼和虾在缝隙中行走。那青莲色的水流，是东海的老住户了，是父老乡亲们耕海的辽阔土地。那黑瓷色的水流面带险恶，其实并不伤人。它从远道奔涉而来，不过是东海水国的匆匆过客，还将挟着万钧之力奔流而去。它像一匹烈马，脚力雄健，只要驾驶得当，远航的番舶便可以飞快地返回故乡了。不好！在恍若绿色梯田一般的水带中，林默娘突然发现丝丝缕缕血色的纹路。她以为自己体虚眼花，闭起眼睛，调理气息。待再睁开眼时，那红色不但没有消失，反倒渐渐丰厚起来，像一股锈水，无声无息地潜入碧绿的海域之中。

林默娘感到红色的潜流那么神秘，那么陌生，裹挟着一种恐怖的寒冷的气息，蜿蜒而来。

林默娘焦灼地紧绞起手指，还是理不出头绪。观天测海这么多年，她已经很有经验。再遇到父兄出海时那种貌似温柔的钩钩云，她是再也不会放他们出海了。天上钩钩云，三日之后雨淋淋……可眼前这股险恶的浊流，它们从何而来，到何处去，全不知晓。怎样才能避开它们的灾祸，乡亲们在等着默娘！

还是父亲说得对，默娘该来测海了。现在，几天前的海潮一无所知,林默娘面对着的是一片残简,却要推断出一本书的学识。

默娘知道,人们都称自己为神女,但自己是人不是神,此刻,便感到束手无策。

"小眉,我要上湄峰。"海天毗连,站得高才能看得远,林默娘决心攀上湄洲屿最高峰。

"默娘姐,万不能上。湄峰山高峰险,小姐万一有个闪失,小眉如何向老爷交待!"小眉一把抱住林默娘,不让她走。

提到老父亲,林默娘的心像放入滚油中烹了一下,痛彻入骨,她屈指一算,父亲正在病榻上辗转反侧,切盼她归去,但这一团未解之谜,如何向父亲陈说?面对乡亲们渴求的眼睛,默娘是让他们升帆还是收橹?

林默娘鼓起勇气,用力推开小眉。小眉一个趔趄,仆倒在地。一向宽厚的林默娘也顾不上管她,兀自向湄峰爬去。

湄峰终于像一条卧蚕,臣服在林默娘脚下了。湄峰上怪石耸立,阴森可怖嶙峋峥嵘。林默娘傲立其上,面对着苍茫的海天。

南来北往的风,像一条条勾摄人的绳索,缠绕林默娘而过,每一股都想将她攫入深渊。

林默娘纤纤素手攀住岩石,仔细地观察着风的轨迹。渐渐,熙熙攘攘的风便在她面前规矩起来,像莆田街上过往的行人,有熟面孔,也有异邦人。

林默娘伸出食指,试那瞬息而过的风的温凉;林默娘探出舌尖,吮那飞逝而去的水雾,分辨蕴涵其中的极细微的酸辣苦咸。风和雾便乖乖地把自己的奥秘告诉林默娘。

蓦地,林默娘嗅到一股极怪异的气味,她急忙耸动鼻翅,那气息又幽灵般地散失了,遗留给人莫名其妙的恍惚。

"默娘姐,快快回去吧,天就要黑了……"小眉跌跌撞撞而来。

"小眉,这山顶风大,你快回家去。我还要到那块风动石上去看一看。"

前人说过"欲穷千里目,更上一层楼"。山野之中,只有去登那最高的顽石。

风动石仅一点触地,庞大的身躯被海风拨弄得如同滚珠,不要说登上去,就是看着也眼晕。

小眉知道劝阻不住,只得用全力稳住风动石,想给默娘助一臂之力。

林默娘站在风动石上,风像残酷的巨掌,想把她抛进大海。她的双脚像生了根,钉在石缝之中,随风仰合。天和地像两页巨大的扇贝,林默娘屹立天地之间,像一颗红光烨烨的珍珠。

终于,林默娘看到了,在几千里之外,有一树黑色的棕榈开放在云间,它结着毒蘑菇一样的花朵,放散着煤炭般的黑光,旋转着向这里逼来。那血色的颗粒,那冷腥的气息,都是那黑色的怪物蒸蔚而来,那是龙卷风的踪迹啊!

"小眉,快走!"林默娘一个箭步跳下风动石,一阵飓风袭来,差点将她掳去,多亏小眉死死将她抱住。

她们快步下山,仍是默娘在前,小眉在后。林默娘看到几艘帆船要起航,更是脚下生风,飘逸如飞。

海,真是诡谲之极。山下无风,海也异样地平静,几艘船已起锚。

"乡亲们,快快收帆。今夜必有……"林默娘大声呼唤,未及说完,一位邻居狂奔过来,"小姐,大事不好!老爷他……他过世了!"

林默娘一霎时并没弄懂这句话的含义,她还在想着即将来临的风暴。倒是小眉哇的一声先哭了出来。

林默娘如遭雷殛一般僵立着。阿爸,您真的不等默娘,就这样走了!就这样走了吗?

连日忧心如焚,加上方才与狂风巨浪精气相搏,林默娘一声未响,像被刀砍斧劈一样,直挺挺颓然倒在冰冷的海滩上。

人们忙着救护林默娘。

许久,林默娘才从昏迷中醒来。

"小眉,快告诉乡亲们,不能出海。"林默娘无力地吩咐完,这才大睁着无泪的双眼问大家,"阿爸他仙逝之时,您们谁在近旁?"

"阿默,我在近旁。"一位邻人垂手而立。

"阿爸他走时说什么?他可留下什么话?"林默娘急不可待地问。

"他……他老人家没留下什么话……他说……"邻人左右为难,慌不择言。

"你倒是快说呀!我家老爷最疼爱小姐,他一定给小姐留下话了!"小眉急得恨不能伸手从邻居喉咙里掏出话来。

"老爷他说,"邻人下了决心,不管是何结果,他都该把老爷最后的话,告诉他最心爱的女儿。"老爷最后一直在呼唤:'默娘,你在哪里……'直到瞑目……"

"默娘,你在哪里?"林惟悫临终时的殷切呼唤,在寂静的海滩上回荡,被无数座礁盘重复着,化作巨大的轰鸣,敲击着所有人的心扉。

林默娘就在那里。在冰冷的海滩上,无泪、无声,宛若亿万斯年前就坐化在那里了。

不知过了多久,林默娘突然从自己胶结的睫毛之中,看到了一个移动的黑点。她以为那是一个蠓虫。蠓虫却越来越大,生出白色的翅膀。那不是翅膀,是帆。那是一条商船。

"小眉,你把飓风的消息告诉大家了吗?"

林默娘焦灼地问。

"告诉了。当地的乡亲们都听了您的话,收帆回港了。这是艘番舶,我也同他们讲了,但就是不听。"小眉委屈地说。

林默娘困难地向番舶走去，乡亲们默默地跟随着她。

"请问，你们是到哪里去？"林默娘用尽气力，声音还是很微弱。乡亲们七嘴八舌地招呼，番舶靠近岸来，船上走下一位长髯飘飘的番客，两只眼睛如鹰隼般锐利，披一袭雪白的长袍。"我们要回大食国去。"他的汉话竟说得相当好，看得出是浪迹天涯的常客。

"大食国距闽海有十万里之遥，那是个极远的地方。"林默娘缓缓地说。

"看不出小姐闺阁之人，深谙海事。舟船日夜兼程，也需半年才可达。"番客略微收敛了一些傲气。

"既是半年才可到达，并不争片刻之时。你们今天不能走。"林默娘道出本意。

"海上此刻风平浪静，小姐为何阻拦我们？"番客佯作不知。

"今夜必起风暴，强行开船，恐有性命之虞。"林默娘声音不大，但字字清晰，听的人无不为之一凛。

番客却朗声大笑起来："鄙人舟楫海上数十年，这看天测海，不敢说百发百中，也八九不离十。看这天清如水，海平如镜，正是一路顺风之兆，请小姐不要阻拦。"

"今夜风之怪诞，前所未见。为了船上舟子身家性命，客人万不能走船。"林默娘口气坚决，毫无商榷之意，好像她是这船上的主人。

番客怫然变色:"这船上所载瓷器丝帛、珍珠翡翠,价值数十万金,压在港口一天,便要坐失利息千金。小姐百般拦阻,不知小姐可愿负担这笔巨息?"

众哗然。大家说:"这番客不识好歹,由他去吧。"番客见动了众怒,毕竟是在大宋国的境内,他缓缓口气说:"实是赶路心焦。你们看,这不是风和日丽、海晏天清吗?"

大家仰头望去,红日西悬,海鸟翱翔,果然一片太平景象,不禁心中也有了几分疑惑。

番客号令开船。

大家劝默娘先回家去料理丧事。

林默娘这才微微有些急了,她高声对番客说:"天道无常。风生于地,起于青萍之末。你既会看天,"她朱衣长袖一甩,伸手掠来空中一缕流云,"你过来看,这云中饱含肃杀之气,不过今夜子时三刻,必有血雨腥风而至。"

番客惊惧不已,忙跳下船来,众人也好奇地聚过来看。

林默娘惨白如蜡的手中,一无所有,只粘着几粒她刚才跌倒在海滩上未及拂净的素沙。

面对着大家一脸骇然之色,林默娘又弯腰掬起一捧海水:"你们看这海浪之中,已点点滴滴散布血色颗粒。这是飓风前兆,是从万里之外的海域冲刷而来的。"

众人每人依样画葫芦,各掬起一捧海水,连番客也照此办理,把漂亮的长髯也浸湿了。

海水清冽见底，偶尔窜进的透明小虾，在水中活泼泼地嬉戏着。

大家你看看我，我看看你，最后把目光齐刷刷地聚在林默娘身上。

番客的神色已变得倨傲而冷漠。

一阵无尽的哀愁和孤独，雾一样地向林默娘扑来。她惊疑地问小眉："你真的什么也看不到，什么也闻不出么？"小眉大睁着迷惘的双眼，摇摇头："真的，小姐。我不能骗你，我一点儿也看不出这海水与平日有什么不同，也看不到你手中的云。"

林默娘长长地吁了一口气，无力地把挂在袖口上的云摘下来。一松手，那云摆摆尾巴，飘飘悠悠，直上九天去了。

番客再令开船。

林默娘已然绝望了，但一船舟子的性命，把她的心压得铅砣一样滞重，只要还有一丝希望，她也要拯救生灵。猛一抬头，她心有所得，指着东方天际说："你们看不到云，月亮总是看得到的吧！你们看这今晚的月亮，有多么大的一轮华晕包绕。月晕而风，这是一句古话，人人知晓，今夜是万万开不得船的。"

大家再一次将信将疑地向东方望去。夕阳尚未下山，天际还很明亮。蔚蓝色的天幕上，有几只鸥鸟雪白的剪影。别说月亮，就是连一片圆形的云彩也没有，洁净得令人生出寒意。

"小姐,您是不是因为老爷过世而太悲伤,此刻那月亮还没有升起来呢!"小眉心痛地说。

"月亮虽没升起,也是看得到的!你们看那月晕……"林默娘执著地望着一无所有的东方。

"小姐,"番客从鼻子里冷笑一声,"小姐号称一方灵女,实为妖言惑众。你一而再、再而三地要我去看那实际上并不存在的东西,不是太愚蠢了吗?或者仁慈地说小姐年纪虽轻,眼睛却已昏花,将跃起的一尾银鱼鱼腹,当成了温柔可爱的月亮,尽管它们一个是长的,另一个是圆的。听说小姐的父亲已然仙逝,我们深表悲痛。还是请小姐先回家去把身上的红装换成黑色的丧服,再来管别人的闲事不迟。开船!"

番舶无可挽回地驶向大海。

身心交瘁的林默娘,再次昏厥在小眉怀里。

子时三刻到了。

大海像接到了一道黑色符咒,顷刻之间腾起狂涛。无数巨浪你攀着我,我擎着你,组成森严恐怖的水墙,黑黝黝地自天而降。整个海面像一面巨大的黑鼓,狂躁地擂响了地狱之声。

大海用黑色的舌头舔着菲薄的海岸,好像要把整个世界一口吞下。

林默娘从恶梦中惊醒。这是父亲离去后的第一个夜晚。父亲已移往他处,林默娘感到从未有过的孤独和凄凉。她真想纵身跳入大海，同父亲一同到那永恒的彼岸。

起风了。恰恰午时三刻。林默娘感到小小的欣慰。再暴虐狡诈的风，也休想瞒过默娘了。

小眉一直守候在默娘身边，见她醒来，心中松了一口气。她说道："默娘姐，你真是越来越神灵，好像会呼风唤雨似的。那番舶不听小姐劝阻，还恶语伤人，这一回，叫他们自讨苦吃去吧！"

林默娘被小眉的话一提醒，心倏地紧了起来。那狂傲不羁的番舶，现在哪里？

她披起衣服，走到屋外。海天如墨，人像置身于墨鱼汁中，一片混沌。林默娘调起真气，凝眸远望，但见大海深处，庞大的番舶如同一枚陀螺，正滴溜溜打转，已完全辨不得方向了。

"小眉，快！随我去屋顶！将红灯拿来，待我为番舶指出一条生路。"林默娘头也不回地吩咐道。

等了许久，身后却毫无声响，回头一看，一向做事麻利的小眉，竟然倚着床栏睡着了。

这些天，小眉也太累了！林默娘一阵心酸，觉得自己没有照顾好这个小妹妹。她将一件衣服轻轻盖在小眉身上，自己找来红灯，刚刚点燃，灯芯却呼地熄灭了。

今夜这风确实来得蹊跷，林默娘颤抖着手，二次点燃灯芯。灯芯刚快活地腾跃了两下，便又扑闪着要熄。

这风……林默娘一阵狐疑,回头一看,只见小眉远远地坐在床边,圆瞪着双眼,鼓着腮帮,正送过一股怨尤之气。

"小眉,你好些了?"林默娘赶紧走过去扶她。

"我根本就没睡着,只是不屑点灯罢了。"小眉气哼哼地说。

"你不点,我自己点好了,"林默娘温和地说,"只是再不要吐恶气。救人如救火,耽误不得的。"

"我也不许你点!"小眉执拗地一把夺过红灯,"番舶刁蛮无理,这叫作人不报应天报应。"

"小眉,救人一命,胜造七级浮屠。番舶恶语伤人,但并无死罪。况且一船舟子,皆是生灵,你我哪能见死不救!"林默娘急得要抢灯笼。

小眉的手,慢慢地放松了,猛地又抓紧了:"默娘姐,还是我来点吧。"

小眉与林默娘搀扶着走上屋顶。风夹杂着雨,鞭子似的抽来。两个单薄的黑色身影,高高地擎起一盏红灯。那灯在漆黑的暗夜中,像萤火虫一样,发出美丽而凄冷的光。

"默娘姐……番舶怎……么样了?"小眉冷得如落叶般簌簌发抖。两人紧紧偎依,彼此想从对方身上得到一些温暖,也温暖着对方。

林默娘已适应了暗夜,洞若观火,看远在深海的番舶,如看指掌之纹,番舶已半船进水,随时都有可能被巨浪所噬,那骄横的番客早已被风暴击昏了头脑,不辨东西,一边令舟人全力淘水,一边竟令船向风暴的中心驶去……

"回头是岸……"林默娘真想拼尽全力震耳欲聋地大喊,将番舶引回港湾。但她知道自己的目力已绝非常人,看着咫尺之遥,实则隔着万顷巨涛。

红灯被风雨浇灭了。纵是不灭,这区区豆大的火光,在无边的黑暗中,不啻流星,已完全失去了导引航向的功能。

怎么办?怎么办?

林默娘焦灼地在院中奔走。院中的柴薪已被猛雨浇湿,燃不起一丝火星。

林默娘仿佛听到番舶上舟子求救的呼唤,还有他们父母妻女悲痛的哭诉……林默娘禁不住热泪盈眶。事已至此,仅有一法了!

"小眉,取火把来。"林默娘的语调平静得近乎冷漠。

小眉不知何用,乖乖把火把递给林默娘。

猩红的火把给一身素白衣裙的林默娘,镀上了一层金红的色彩。她苍白的面庞闪现出新鲜明艳的活力。她的眼睛因为含了泪水,如深潭中的寒星,决然地闪着不容抗拒的光辉……

当林默娘的火把伸向光洁如铁的木门时,小眉才猛然醒悟了:"小姐,你要做什么?"

"我要把这祖屋,化作一支冲天的火炬。"林默娘平静如秋天的港湾。

"使不得啊,小姐!"小眉声泪俱下,"您要救番舶,小眉阻挡不了。但这祖屋,万万烧不得呀!您在这世上,已无父无母,无兄无家,仅这一幢祖屋为伴。烧了它,天地之间,就只剩下您孤零零一个人了!"小眉在默娘面前跪下了。

林默娘高举火把的手,剧烈地颤抖起来,飞扬的火把便在空中画出金红的曲线。林默娘最后看了一眼她的祖屋。

重檐斗拱的祖屋在黑夜之中蹲踞着,尤如一位历尽沧桑的老人。这是先祖几代人心血所凝,这里盛满了无尽的天伦之爱。林默娘一生中最快乐的时光,就是在这祖屋中度过的。如今这一切,就这样无可挽回地永远消失了吗?

火把在空中抖动出更粗大的曲线。

风驱赶着雨,像驱赶着无数条黑色的毒蛇,绵延于天地之间。林默娘抬眼望去,番舶在进行最后的挣扎,看得出来,他们已经完全绝望了。

林默娘轻轻扶起小眉,仔细拭干她眼上的泪:"小眉,我的好妹妹!你的心意,我知道了。记得当年我初学医道之时,阿爸送我一句话:'愿将人病犹己病,救得他生是我生。'倘我们自己此刻在险风恶浪之中,该多么渴望能看到一团指路的火把!屋,可以再造;人,却永不可复生。我想,尚未远去的阿爸英灵,各位在天的列祖列宗,该不会以为默娘不孝吧!为了救天下黎民，默娘今日愿献祖屋，他日若需身家性命，默娘也万死不辞！"

祖屋轰轰烈烈地燃烧起来了。棉麻丝帛燃起轻快得像水波一样的涟漪，它们轻盈地不规划地扩大着自己的疆域。书籍宣纸燃起阴沉的火焰，因为通气不良它们偶尔只冒青烟，但火的版图还是在无声扩展着，忽地从一处相距很远的地方冒起尺把高的烈焰，书上的字在火中先变得很大继而飞快地缩小，画上的景物则像幽灵般活动起来，仿佛就要站立在火海之中。

钵罐瓮缸发出沉闷的爆裂声，在为自身的命运表示着抗议。最难燃烧而又最持久地燃烧着的，是漆了彩画的木梁。它们沉默着，久久不肯参加这火的合唱，但终于被越来越高的温度撩拨起了热情，它们像火山爆发一样突兀而起，迸射出最高亢最纯粹的烈焰。

林默娘注视着自己熟悉的老屋，变成一座陌生的金色宫殿。有一瞬间，风雨几乎把所有的火焰熄灭。林默娘多么希望那风雨来得更猛烈一些啊，那样火焰就会真的熄灭，她的祖屋就可以在这世界上多存在一刻了。虽然她知道自己马上就会从另一个更易燃烧的地方，将它重新更广泛地点燃。

祖屋辉煌而壮丽，仿佛每一道横梁、每一把桌椅，都是用纯金打造而成。它们射出万道金焰，像利箭一样，刺破夜的帷幕，像一座光焰万丈的灯塔，屹立于湄洲湾畔。

在铁桶般恶浪中盘旋的番舶,宛若看见了太阳,急忙调转船头,向着光明驶来。

林默娘披一身金光,站在金色的风雨之中。她的脸上,蜿蜒着两道金色的小溪。火焰如莲花般簇拥在她的脚下,迸溅出点点火星。

女人之约

郁容秋的病危通知,快下班的时候送到工厂医务室。

医务室负责人兰医生,把握不准把这悲痛的消息,是立即上报还是等到明早上再说。

按说该早点报上去。毕竟是辛苦了一生一世的职工,到老了死了,领导要去看看,叫去的安心,活着的心里也温暖。但这个时机很难把握,报得早了,死或不死还不一定。医院里负责任,常常未雨绸缪,领导兴师动众地去过了,最后病人又全须全尾地复了原。出院后在厂门里碰上了,两下里都不大自然;病人觉得自己没死,劳驾了那么多领导,挺对不起人。

领导嘴上不说什么,心里怪医务室谎报军情。若是信送晚了,领导三脚两步赶到,病人已进入弥留状态,瞳孔散大得连人影也辨不清了,拉着领导的手直叫自己小儿子的名,自然也是医务室的失职；最好的时机是病人回光返照的时刻，头脑清晰，思维敏捷，面色和善，双目炯炯有神，放射出智慧的光芒。而且格外健谈，充满了对世事的深刻洞见。古人曰人之将死，其言也善，指的就是这种时刻。

只是这个火候很难把握，跟战机似的，稍纵即逝。判断一个人什么时候死，比判断一个人什么时候生困难多了，没有任何公式可以遵循。

生死不由人。兰医生是一位负责的医务工作者，她决定下班后不回家先上医院，一来是要当好领导的参谋，二来她很想看看厂里这位最美丽的女人，如今病成了什么样子。

已经过了探视时间，传染病医院里充溢着古墓般的荒凉。裹着棉大衣的老人从幽暗的拐角处发出不许探视的警告。兰医生出示了病危通知书，这是最好的通行证，她所向披靡。

郁容秋住高干病房。入院时医院床位极紧张，厂长指示：一定要不惜一切代价挽救病人，要血有血，要钱有钱。

护士小姐敲着病历说："只有高干病房还有空床。高干们吃的是国宴，卫生条件好，自然很少得传染病了。只要你们付得出房钱，普通人不是传染病也能住。"

陪同郁容秋住院的兰医生，想起了厂长的指示，毫不犹豫地接过了入院登记表。姓名年龄籍贯这些都好填，唯有是何种干部级别这一栏犯了难，无论多少房钱厂里可以不在乎，但任命一个高级干部的事,兰医生想别说是自己,就是叱咤风云的厂长,也得顿挫一下。

"你现在是多少级?"她问蜷在一旁的郁容秋。

"四……四级。"郁容秋的脸上像涂着没有搽开的增白粉蜜,寒霜一片,眼圈黑得像盖了两枚墨色图章。头发像京剧里的青衣,一缕缕被冷汗粘在额角,惨白的嘴唇呲呲吐着气:"四级。"

"填四级可不行,这也太高了。'文革'以前,一个华东局中南局的书记还不够四级呢!虽说瞎填呗,也得差不多。"小护士瓦片形的白帽子,因为晃动,像蝴蝶花似的颤抖着。

兰医生知道郁容秋的四级是确有其事——她是厂里的普通四级车工。

"能住你们这儿的最低级别是多少?"兰医生问。因为下垂得过久,蘸水笔尖聚起一滴椭圆形的墨水,根蒂部正在瓶颈般地变细,墨水滴渐渐变成饱满的鸭梨形,颤颤巍巍地闪动着柏油似的微光。

"怎么也得十级以内。"护士小姐毋庸置疑地说。

兰医生给郁容秋填了一个九级,相当于"文革"前的厅局地师级。

这是一间很大的病房,有吊灯、冰柜、遥控彩电……洋红色的地毯冲淡了医院里惯常的萧瑟之感,带来轻微的暖意。甚至气味都不是令人自惭形秽的消毒水味,而是像栀子花一样淡淡的幽香,像大宾馆豪华的客房。

郁容秋侧卧在半摇起的特制病床上,床旁的地灯像一支金笔,勾勒出她尖峭的身影。肩胛骨像倒竖的铁锹一样锋利,颈子像用灰白的铁丝编织而成,看得见一根根粗细不等的脉络。唯有裹在蓝条纹病号服里的双腿,仍旧是笔直的。由于宽大服装的遮掩,看不出瘦弱,仿佛一段美丽的桦木。

兰医生准备了满腔的怜悯,她预备看到一个被疾病折磨得濒死的妇人。劝慰和同情,像瀑布一样壅塞在她的齿间。

听得门响,卧床的女人吃力地转过身来,兰医生惊骇住了。

郁容秋像年画一般艳丽,面颊白里透红,双唇晶莹闪亮。翘起的睫毛像蝴蝶的触须一般轻盈颤动着……

哪里有这样美丽的垂危病人!这尤物般的女人难道会死吗?兰医生立即想到这是郁容秋同医生做了手脚。这个女人,什么事情办不成呢?

她家住在兰医生楼下。也就是说,她的天花板就是兰医生家的地板,是近邻了。但兰医生从不跟郁容秋打招呼。一是大家搬到这楼里不久,并不熟悉;二是这女人的名声很坏,外号"大篷车"。

"大篷车"很妖媚,是那种眼睛能抛出绊马索的女人。兰医生上楼的时候,亲眼见过她领着陌生的男人在开门。楼道不宽,"大篷车"正从精致的拐包里往外掏钥匙,男人脸朝墙壁,身子侧向一旁,友好地给兰医生让路,也许是怕兰医生筐里支棱着的芹菜蹭脏了他笔挺的西服。

兰医生回到家,放下芹菜,洗净手上的泥,去收凉台上的衣服。她听到楼下窗帘环在窗帘轨上小心翼翼滚动的声音,才确信人们关于郁容秋放荡的传闻,绝非虚构。

郁容秋就是这么个女人,她丈夫似乎知道这一切。兰医生也在楼梯口遇到过她丈夫领回陌生的女人。但实在讲,那些女人都没有郁容秋漂亮。逢到这种情况,人们总要问清是谁开的头,以便多少能排出个道理来。但郁容秋家的这种局面,已经好多年了,没有人知道谁打的第一枪。因为她男人是外单位的,跟大家没关系,厂里的人就把仇恨集中在"大篷车"身上,不让自己家的孩子同郁容秋的女儿玩,这种防范绝对是有道理的。郁容秋的女儿不过十六七岁,打扮得像个少妇,也常有男孩子来找她了。

有人敲门。兰医生打开一看,几乎不敢认这位楼下的邻居,她卸去往日时髦的服装,穿一套豆皮色的工作服,蓬头散发,简直像是上门推销被套的外地灾民。但细细观看,裹在粗糙衣服内的胴体,依旧是光洁而明亮的。

"跟您借样东西。"她笑眯眯地说,一改平日的风骚模样。兰医生不合时宜地想到了一个词:从良。

"我能有什么东西值得你来借?"兰医生惊讶地问。眼前的这个女人虽不敢说有多少财富,但男人们供给她的日常用品,都是奢华而昂贵的。

"借鞋。"郁容秋跺跺小巧玲珑的脚,一双雪白的半高跟皮鞋,把地板跺得像一面铁皮鼓,"脚上没鞋穷半截,您不知道这句古话呀!"

"咱们俩的脚倒是差不多大。但我绝没有比你这双更好的鞋。"兰医生斩钉截铁地说。

"您有,肯定有。我想了半天,最后判定这东西只有您有。您先别把话说死。我要这东西也不是为了自己,全是为了厂里。"郁容秋很诚恳地说,生怕兰医生一下关了房门,便把白鹿蹄似的脚,横在门轴处。兰医生糊涂了,不知自己朴朴素素的家里有双什么鞋被这女人看上了并且如此耿耿于怀。

"到底是什么鞋呢?"连她也好奇了。

"'军臭'。我想借您的'军臭'穿穿。"郁容秋回答。

"'军臭'是个什么东西?"兰医生真糊涂了。郁容秋赶紧解释:"'军臭'就是解放鞋。"要不是兰医生当过兵,还真没处找这种古老的装备。

"大篷车"装上"军臭"的轮子,那副尊容,叫人啼笑皆非。

"你为什么要这副打扮呢?"兰医生虽说对郁容秋平日的张扬不以为然,但看到一个漂亮女人钻到这样一套不伦不类的行头里面,好像红玫瑰一下变成了狗尾巴草,还不如当初妖娆着顺眼。

"我当了黄世仁了!"她兴奋地在兰医生家洁净的地板砖上走来走去,崭新的解放鞋底留下一行"人"字形的橡胶花纹。

三角债是一个巨大漩涡,把庞大的国营企业淹得两眼翻白。这件事细说起来复杂透顶,简而言之就是赖账。你欠我的,我欠你的,像瞎驴走在一圈没有尽头的磨道上。兰医生所在厂的厂长是一位干练的女强人,她最初不愿意赖人家的账,结果受害最深。账面上她有一大笔钱,但保险柜里空得能给耗子做窝。眼看连工资都发不出来,厂长组织了浩浩荡荡的讨债大军。机关干部全体出动,厂长财神爷似的供着他们。买来飞机票,带上土特产,最后厂长再亲笔签上一封言辞恳切情深意浓的信笺,恳求对方把拖欠的钱还了。

没想到杨白劳如今比黄世仁横多了!欠账不还,成了天经地义的事。各路兵马落荒归来,只带回极少的现钱。全厂几千人的嘴巴要喂,机器不能停产啊!女厂长心急火燎,恨不能用钢钎把太阳穴打个洞,让脑浆凉快凉快,想出一个好办法。

人一到没主意的时候,就想起老祖宗的招数。"贴黄榜!"厂长说,"我就不信,我偌大一个厂子,就没个讨债的人才!咱们的干部,一个个养尊处优惯了,高贵得不行,哪里像是讨账的,像新女婿上门,羞羞答答,客客气气,还能要得回钱来哇?债主就得像个债主的样!卑贱者最聪明,我要不拘一格选人才。甭管你是谁,讨得回钱来就是好样的!"

黄榜贴出来了。底下的工人觉得这是个出头露脸的好机会,不必一天八小时站在机车旁边苦熬苦挣。当干部,出差给补助,还能山南海北地逛逛。就算是讨不回来钱,谅也不能怎么着,大不了还回来当工人呗!真有胆大妄为的撕了黄榜。女厂长的榜同旧时代的不同,不是揭走了就算完,而是随揭随贴,能人多多益善嘛!

过了几天,新贴出的黄榜就没人揭了。听说对每个敢揭榜的人,厂长都在百忙之中亲自面试。没有人能过得了这一关,厂长一挥手,你该回哪儿回哪儿,你该干什么就干什么去。

有人问女厂长是如何面试的,这些落第之人都守口如瓶。

一时间,谁能加入讨债帮,成了一件大荣耀的事。

一个阳光明媚的早晨,"大篷车"郁容秋走到布告栏前,把黄榜扯了下来,团在手里,却又并不马上离开,用涂着蔻丹的指甲,细细地剔残留的黄纸屑。相当一段时间内路过大门口的人,都看见她站在那里抠纸屑,不明底细的人还以为她又犯了作风问题被人抓住,罚在那里打扫卫生呢!

郁容秋从来没有这么近地观察过女厂长,她觉得自己在靠近一块冰,有一股端庄的威严,从这个女人身上逼射而出。

这是厂里的外宾接待室,最豪华的房子,女厂长把它当作了考场。郁容秋从来没有进过这间屋子,满屋的金属光泽晃得她睁不开眼睛。虽是自己的厂子,却有到了外地的感觉。主要是因为空调使屋里像秋天一样凉爽。还有厂长没有穿惯常的工作服，而是一套质地高档的西装。

陌生的环境，陌生的人。女厂长正是刻意营造出这种气氛。店大欺客，你要是连我都不能说服，还想赤手空拳讨回钱来吗？

两个女人互相注视着。一个是这个厂的最高领导，一个是最普通的女工。

女厂长打量着郁容秋。她有许多工人，她不可能都记住他们。这个女人很漂亮。女厂长不喜欢漂亮的女人，她最优秀的女工程师和女车间主任，都不漂亮。她自己也不漂亮。漂亮几乎是女人事业上的大敌。但厂长很快纠正了自己的思维状态，这次要不拘一格选人才。价值观念要整个颠倒过来，因为索债这件事本身就是颠倒了的乾坤，平日里选拔干部要重学历，这回厂长完全不计较这点，而且私下里认为学历越低越好。学校在教授人们知识的同时，也教授人们矜持与自尊，而这两条，恰是于索债极不相宜的。还有平日里要注重表现，这回厂长豁出去了，无论是谁，无论用何种办法，只要把钱讨回来就是英雄好汉。

女厂长讨论过郁容秋的处分问题，那是几年前的事情了。女厂长记住了这个名字，但她不认识这个人。她尽量使自己公正平和地说："现在，假设我为某大厂的厂长，而你是我们厂派出的清欠人员。金额为一百万。开始吧。"女厂长双手抱着肘，缩在巨大的皮圈椅内，好像一只肥硕而警觉的老猫。

郁容秋面对这个威风凛凛的女人,感觉自己像灰尘般的猥琐。美貌、机智、令男人神魂颠倒的手段,这些赖以支撑自己全部自尊的基石,都在顷刻间摇摇欲坠。她从前只在很远的地方看到过厂长,觉得她盛气凌人,不可一世。一大群男人簇拥着她,她颐指气使地吩咐他们,每一句话都是圣旨。在这样近的位置上观察厂长,她觉得厂长实在是一个姿色平庸的女人,斑白的头发,沉重的脑袋,皱纹像一把精致的折扇,铺满脸庞……

门无声无息地开了,像一股轻柔的夜风溜了进来,一位潇洒的小伙子夹着卷宗走到厂长面前,毕恭毕敬地放下,殷勤地打开到某一页……

郁容秋看惯了男人们的讨好的嘴脸,她不佩服男人,她觉得自己能征服他们;她佩服女人,尤其佩服不用她这种手段征服男人的女人。她呆呆地望着厂长,这是在她有限的生活圈子里,活得最高贵的女人。

郁容秋的椅子与女厂长的皮圈椅等高,若论身材,郁容秋还更挺拔些,这样她双眼的位置与厂长是在同一水平,严格追究起来,郁容秋的眼珠还要比厂长的眼珠位置高上几毫米。

但郁容秋额头低垂,眼睑半旗似的降着。眼光透过密集的睫毛,仿佛夕阳穿过笔直的白桦树林。眼波飘带似的荡过单人床一般宽大的写字台,从青瓷笔筒的边缘溅落下来,绕过包绕着厂长的那团威严空气,像只小蜜蜂叮在厂长胸前第二颗钮扣上面。

那是一粒像纪念章一样沉重而古老的铜钮扣。

"这个扣子不好,要是我,会选一种黑色有大理石花纹的扣子。"

郁容秋很奇怪,这个屋子难道还有第三个女人吗?她能看到自己大脑屏幕上闪现的字吗?要不怎么把自己心里想的话给说了出来?她可真够胆大的了!竟敢批评厂长!厂长是谁?厂长是郁容秋在这个世界上看到的最至高无上的女人。也许有许多女总统女总理比厂长更荣耀更辉煌,但郁容秋没见到她们。电视里见过的那不算。郁容秋在电视里还见过龙卷风和火山爆发呢,同她毫无关系。郁容秋知道全厂的人都崇拜厂长,出身于高级知识分子的家庭,受过高等教育,如今是这样一家重工业工厂的掌门人。做女人做到这个份儿上,多么气派呀!

那个不知天高地厚的女人,藏在何处?她就不怕女厂长恼羞成怒吗?

女厂长挺满意这个开头。她面试招聘催款员,完全是即兴发挥。她被三角债搅得五内俱焚,急等着谁能把钱收回来。她是全厂几千人的当家人,像无米下锅的小媳妇,等着用这钱去还账、买原料,给大伙开工资,买过节发的肉鸡和活鲤鱼。

很多人见了咄咄逼人的女厂长就喏喏不语,女厂长挥手就把他们赶出了这间华丽的办公室。这个样子还想索账吗?催款员要先有一种从气势上压倒对方的勇气,而绝不能被对方所屈服。

这个女人居然从指责她的衣服开始，这挺好。从来没有人指责过厂长的穿着，这套西服还是她出国考察时定做的。

郁容秋静等了半天，没听到那个胆大妄为的女人再说第二句话，才猛然醒悟到自己在下意识中把心里话说了出来。她看一个女人，首先是挑剔她的衣服。作为拥有出众姿色的女人，她对别人的长相很宽容。长相是父母给的，就像出身一样，但衣服可是随自己选择。她挑剔过全厂所有女人的服饰，觉得她们都不会穿衣服，她因此充满了自信，觉得自己很有眼光。但她没敢挑剔过厂长，厂长不是平常意义上的女人。没想到，面试竟这样开始了。

"穷啊！厂里没钱。发不出工资。扣子是随便买的，你说的那种扣子很贵。"厂长随随便便地说。

"那种扣子并不贵……"郁容秋只说了半句，就噤了声。女厂长已经开始扮演一个赖账的角色了。

"我临到进贵厂大门之前，先跟厂里的工人聊了聊，知道您厂子里虽说困难，可并没有到揭不开锅的地步。您看，我这儿有您厂工人的工资条，计算机打的，正经不少呢！不瞒您说，我们厂可真到了山穷水尽的地步。发工资那天，没给大伙儿发钱，发了一个纸条，说没钱请大家勒紧皮带坚持几天，等借回钱就发，先发工人，后发干部。大伙儿一看，也不好再说什么了，最苦的是那些退休工人，腿脚不利落，顶风冒雨地跑到厂里来领钱，年岁大了儿女们嫌弃，全靠这两个钱给自己撑腰呢！我说的就是上个月的事，天气预报不知您还记得不？我们那儿下大雪，发不下钱，老头儿老太太这个骂哟，说厂里蒙骗他们，肯定是把工资存银行里赚利息了，又哭又闹。不怕您笑话，我家还真等着您厂里还了账，我厂里拿这钱发了工资，我拿这工资去买粮呢！我对孩子说，上回你过生日，你舅给你的那十块零花钱还在不？孩子说在，我没乱花，我说你真是妈的好孩子，这钱先借妈用吧。妈说话算话，一定还。只要厂里有了钱，妈就还你的，妈不会赖你的账。大天白日的，妈哪能是那种人呢？"

郁容秋慢条斯理地娓娓道来，一副良家妇女的忠厚相，话语中却机锋四伏。

好！哀兵必胜！女厂长不禁暗暗夸赞。不过她也更为焦虑，这女人谈到厂内的情况，不是事实，起码目前还没有到这种地步，但只要局势继续恶化下去，谁又能保证那种举债食粥的情形一定不会出现？

"今天你就是说出大天来，我也没钱。告诉你，要钱没有要命有一条！"女厂长恶狠狠地说。要她说出这些话来不容易，她是端庄而矜持的知识女性，纵是被逼急了，也不会这样发泄，但从那些灰溜溜回来的催款员嘴里，她听熟了这句泼皮语言。

郁容秋可不怵这个。女厂长咬牙切齿吐出来的话，在她听来那么亲切那么熟稔。她从小就是被这种语言腌出来的，明知厂长是在模仿别人，也顿觉亲热。

"我要您的命有什么用呢?自古以来,杀人偿命,欠债还钱,天经地义的事。真要赖着不还,咱就去打官司。您这个厂宣布破产,到时候来戴大盖帽的查封您的厂子和固定资产,拍卖产品,以资抵债。人死账不烂,这笔钱说到哪儿,您也是要还的!您这厂长当得挺滋润,为了这九牛一毛的事,何必咱们公堂上见?再说,我这回来,是立了军令状的。您的命金贵,我的命可是不值钱,您要是真敢赖账不还,我就敢写了帖子到处散,然后一根草绳吊死在你工厂大门框上!"

"别……别……"不论是作为现实中的还是假设中的厂长,女厂长都急忙摆动双手。

郁容秋轻快地笑了,厂长平日的威严都被这个动作抹去了,原来是个不禁吓唬的女人!

看来,她没有跟泼人吵过架!

女厂长毕竟是厂长,她迅速调整了思路,正襟危坐说:"我纵是有还钱之心,也没有还钱之力。真是没钱。人人欠我,我欠人人。要不然我把欠我厂钱的厂家名单抄给你,你能要回多少,全带回去抵账。这下总行了吧?"这又是一个讨债员们无法对付的杀手锏,女厂长转赠给郁容秋。

"您甭跟我说这个,我是一家不烦二主。是您欠我的钱,不是别人欠我的钱。我跟旁人说不着。冤有头,债有主,讲的就是这个理。您可以广开门路,清仓挖掘,俗话说船破了有底,底破了有帮,快沉了还有三百大钉呢!瘦死的骆驼比马大!再不然,我给您出个主意,前两年不是各厂都买了许多国库券吗?您就把它折给我们算了。反正您留也留不住,还谁不是还呢?给了我,我们全厂念您的好,我个人更是感激不尽,利率该多少算多少,保证不让您吃了亏,你要是同意,咱们这就去取国库券吧!"郁容秋说着站起身,做出要走的样子。

她虽平日里常同各色人等对垒,像今天这样滴水不漏地叫板,也着实费了精神。幸好临来之前多少看了会子报纸,说起来才有板有眼。

"国库券没有了。你来晚了,昨天有人在你前头要账,已经给搜刮走了。"女厂长已开始佩服这个卑微的女工机敏的思维和伶俐的唇舌,但她还要逼她一下。外出索债,什么情况都可能遇到。

"一点儿都没剩?不能吧,犄角旮旯里总还能再找出点儿。"郁容秋也觉得自己这话根底不足,可她没想出应对之词,只好借反问以争取一点考虑时间。

"我堂堂一厂之长,怎么能骗你呢?"女厂长扮演的厂长果然愠怒了。

"我哪敢怀疑您呢!"郁容秋已经思谋出了对策,反正事情已无理可讲,拿出女人斗法的手段就是了,"那厂长就请您多原谅了。打今天起,我每日到您这办公室外候着拿钱。钱一天不到手,我是一天不会走的!"说完,脸上配合语气布出严霜一般的神色。

"这么着吧！你大老远地跑一趟也不容易，我们厂现有一万台照相机，就抵给你们吧！"并不是女厂长突发奇想，真有一个厂要拿这笔货物抵债，她一时还没想好怎么处置。

"一万台照相机？"郁容秋喃喃重复，望着厂长阴晴莫测的脸色，她真不知该如何对答。她突然想自己来遭这份洋罪干什么？厂里有钱发工资，自然有她一份。若是都开不出钱来，天塌下来有高个子顶，也轮不到她一个妇道人头上呢！况且有那么多男人同她好，他们绝不会看着她挨饿受穷的！饿死谁，也饿不死老娘！

她想站起身来扬长而去，走出这间洋溢着冷气令人寒毛孔闭锁的陌生房间，回到她的车床前。她轻车熟路，手艺不错，车出来的活计像她的衣服一样清洁合体。

可她不能这么就走了，得给女厂长一个面子。女人都爱面子，她之所以想当讨债员，不就是想给自己挣一份面子吗？她把厂长这个问题回答了就走。

怎么答呢？去他的讨债员吧！郁容秋顾不得这些了，她只从一个持家的女人来琢磨这件事："一万台照相机，合我们厂每人分四台？我们要那么多这玩意儿干什么使呢？能熬能煮还是能穿能盖？况且您保修吗？零配件全吗？您不能这么打发我！再退一万步讲，就是我不跟您为难，我一个小小的办事员哪里就拍得了这么大的板！您看这样好不好，您把照相机就地拍卖了，便宜点儿会有人买的，再把现钱给我。我呢，也同时给厂子里发报请示，能有现钱实在是最好不过。万一卖不出钱来,厂里再定要不要相机的事……"

女厂长被折服了,不卑不亢,不温不火,真是滴水不漏、铁嘴钢牙啊!她站起身,两手撑着桌沿,用对一百个人讲话的声调说:"郁容秋同志,从现在起,我正式聘任你为我厂清欠业务员!"说着伸出手来。

郁容秋吃惊地半张着嘴,任湿润的牙齿在清冷的空气中渐渐干燥……许久才伸出手去,仿佛试摸炉子烫不烫,小心翼翼地把半截手指送进厂长的掌心。

厂长很高大,她的手却是纤巧而绵软的。她吃惊这个身材窈窕的女人,手指却像手表发条一样坚韧而有弹性。她用力摇了摇。

郁容秋受宠若惊,她讨好地问:"您扮的这个厂长是个男的还是女的?"

"男的或是女的,这有什么关系呢?是厂长,这一点就足够了。"女厂长不悦地说,她经常碰到这种性别上的歧视,对于来自男人的,她多少已习以为常;对于来自同性的,她更敏感而愤怒。

"当然很重要!"郁容秋对堂堂一厂之长对这个问题的忽视感到吃惊,她愿意为厂长弥补缺陷,"假如对方是女的,话谈到这里,就没有什么指望了,我只有等您的指示,是空手而归还是押回一万台照相机。假如是个男的,当然还有办法……"

"什么办法?"女厂长已约略猜到了,她眉毛下面的筋肉聚在了一起。但她毕竟是厂长，眉毛本身还停留在原来的位置，整个面容静如止水。厂长受过的高等教育和她良好的家教，使她不愿意以恶意去揣测别人，尽管那谜底已昭然若揭。于是就显出一种恶毒，彼此心领神会不行，她非要当事人把自己的心思明白无误地昭示在太阳底下。

郁容秋脸上有了悲壮的神色："现在不是都时兴用兵法吗？三十六计里，可有美人计这一说。我既然敢揭了您的黄榜，就做了这个准备。为了厂子，为了大伙儿的利益，我也豁出去了。只是我有一个要求，倘若我把钱讨回来了……"

女厂长被这种卑贱和高尚混在一起的坦白打动了，她截断郁容秋的话："我将给你以重奖，你还可以按比例提取数目可观的钱……"

"不！厂长！我不是指的这个。"郁容秋觉得自己也够胆大的，竟敢打断厂长的话，可她到这里来，不就是为了要说出这句话吗？"厂长，我只是想与您有个约定……"

女厂长静静地注视着面前这个女人，她的要求和她的坦率，都令女厂长深深不解。女厂长懂几国外语，有高超的管理经验，可她不懂这个与她生理构造相同的女人。不懂就不懂吧，这个纷杂的世界上有多少令我们眩惑的事件！只要能维持工厂的正常运转，其他的又算得了什么！

"好！我答应你！"女厂长郑重地说。

"我天南海北地走，一定能为您买到那种有黑色大理石花纹的扣子。"郁容秋说这句话的时候，像一个调皮的少女。

女厂长正换下西服换上工作服，要到车间里去巡视。

"就是上门讨债，也不必跟灾民似的呀！"兰医生对借到了"军臭"的郁容秋说。

"穿成这样才好要钱呢！人穷志短，马瘦毛长。我一钻到这套衣服里头，自个儿都开始可怜自个儿了。递个小话，装个傻耍个赖的，都觉得那么自然。现在我可懂了，为什么演员一穿上服装就进入角色，道理是一样的。干什么吆喝什么呗！"郁容秋兴致勃勃。像兰医生这种地位的女人，在厂里平日要属第一世界，根本不屑理睬郁容秋，今天这么友好，自然是因为郁容秋位置不一样了。

"人凭衣服马凭鞍。有些大厂门禁森严，你这副打扮，恐怕连大门也进不去。"兰医生依旧忧心忡忡。当医生的本来不关心生产，可三角债空前地普及了大家的忧患意识。

"您等着！"郁容秋穿着"军臭"，噔噔跑下楼，像士兵紧急集合时一般迅捷。

数分钟后，郁容秋回来了。浑身珠光宝气，像一位雍容华贵的夫人，没容得兰医生看分明，噔噔又跑下楼。这一次装扮成一位端庄清秀的女干部……兰医生一时间眼花缭乱,她家成了服装模特儿演出的舞台,楼下郁容秋家则是后台化妆间。

因为频繁的穿穿脱脱,郁容秋白缎子似的皮肤,沁出淡蓝色的网纹,兰医生给她披上一件军大衣,对这种讨债方式她无以评说,但人可不要冻感冒了。

郁容秋很感动。从来没有哪个女人这样关心过她,"这件军大衣也借给我好吗?我第一站是去东北。"

兰医生点点头。

从此她很难在楼道里再碰见郁容秋了。那女人来去匆匆,好像一股裹着巴黎香水的旋风。郁容秋转战南北,几乎每战告捷。为厂里索回了大量欠资。从此,她出去清债,都是坐飞机。何时回北京,一个电报或是电话打回来,就有小卧车到机场去接,俨然成了一个功臣。郁容秋偶尔出现在厂里的时候,总是穿着最豪华最时髦的服装,连兰医生都觉得供给她军用品,简直是受骗上当。大家背后议论,这个女人,过去是"大篷车",现在成了"国际列车"了。发奖金的时候,有的人做鬼脸说,这是"大篷车"卖X挣回来的钱。大家哄堂大笑,然后该拿钱买什么就高高兴兴地去买。骂归骂,表面上对郁容秋客气多了。头头脸脸的科长们,见了郁容秋也都点点头示意,毕竟她是厂长亲自发掘出来的能人,又给厂里索回可观的资金。经济滑轮抹了润滑油,别的都是小节了。

郁容秋从未有过这样的神采飞扬，走路的时候腰杆笔直，好像行进在硕大的席梦思床垫上，每一步都充满弹性。

兰医生以敏锐的职业眼光，觉察到郁容秋的苍老和消瘦。尽管施了很重的脂粉，仍旧像破旧门窗上的新漆，无法遮盖虫蛀剥脱的斑驳。

"最近怎么样？"兰医生问女邻居，她觉得她的气色越来越不佳了。

"账收得很有成效。"郁容秋忧郁地回答。她现在对所有以前伤害过她的人都趾高气扬，对一般人也爱搭不理，但对兰医生，始终十分尊重。

"账催完了，你就可以好好休息几天了。"兰医生说。

"我不喜欢账催完了，也不想好好休息。现在这样多好！"郁容秋说。

真是一个怪女人！原来她的忧郁，不是因为身体不佳，而是担心账快清完了。兰医生本不想再说话，但医生的直觉告诉她，面前这个盛装的女人，患了渗入膏肓的重症。

"要是觉得哪儿不舒服，早点看看。人不能太疲劳。当医生的，喜欢有点儿小病就大叫大嚷的病人，那样不耽误病情。"兰医生谆谆告诫。

"我就是头痛、恶心……全身没有力气。"郁容秋倚着楼梯栏杆说，全然不顾面粉似的尘土沾脏她华美的衣服。

"还有什么?当病人的没有什么不可以对医生说。"看到郁容秋欲言又止,兰医生循循善诱,"要是在这里说不方便,就到我家去吧!"兰医生以为她要说出什么怪症状来了。

"其实,我根本就没病!"郁容秋猛地把身子撤离栏杆,把披肩发抖得像大风中的床单。

这女人,讳疾忌医,根本不值得可怜!兰医生在心里冷笑,疾病是最讲科学的一个妖怪。

果然,郁容秋在外地索债现场突然晕倒,那边怕出人命官司,立即给她买了机票连同欠款,专人护送她回来。兰医生奉旨到机场去接郁容秋,把她直送医院。她几乎不认识这个风流的女人了,不但因为郁容秋容颜枯槁,更因为她的打扮:破烂不堪的衣服,脚下穿着"军臭"……

郁容秋被诊断为晚期肝硬化。

看到兰医生这么晚来看她,郁容秋说:"兰医生,您来了。"打着招呼,眼睛却还痴痴地往外张望,好像兰医生把什么人掩藏在门外。

"就我一个,先来看看你。怎么样,好些了吧?"兰医生看出郁容秋病势危笃,嘴上还是说着宽慰的话。

凑近了看,才发现红妆之下,郁容秋的肤色已十分黯淡,幽冷的死亡气息，像一种最持久的香精，盖过一切化妆品的气味，从这个鬼魅般的女人身上散发出来。

"病人是不应该化妆的。你描了眉，扑了粉，打了唇红，医生就不知你病得怎么样了。"兰医生温和地说。对一个就要永远离去的女人，什么事不可以原谅呢！

"医生知道不知道，其实已经没有用了。我自己知道就是了。"郁容秋平静地说。

兰医生想起她曾矢口否认自己有病，就说："要是早点儿医，会好得更快些。"

"我没有病。"郁容秋微笑着，露出雪白的牙。她全身已充满病态，唯有牙，还是美丽而洁净的。

病到死已临头，还这样固执！兰医生就是再想宽容她，也有几分愠怒。

"真的，这不是病，都是酒害的。我这几年跑外，您知道我喝了多少酒？我想一担担挑起来，能浇几亩好地了！我的肝就是叫这些酒给腌坏了。世上不是有醉枣吗？我的肝是醉肝。赶明儿火化我的时候，八宝山的烟筒里冒出的气都得是酒味……"郁容秋调整了一下枕头的高度，使自己侧卧得更舒适，用手轻轻捶击着自己的右肋："我觉得我挺对不起我的肝，它跟了我这么多年，我原来都不知道肝在哪儿。想起来不知道肝在哪儿的日子，已经那么遥远了，所有不知道肝在哪儿的人，但愿你们永远别知道，我不能喝酒，有人说会喝酒的女人血管里有一种酶，能把喝下去的酒变成水，这边进那边走，喝多少也不醉。我不知道那种酶是个什么东西，可我知道我没有，我只要喝酒，就觉得那些藏着火苗的水，把我的胃烧得一块一块脱皮，就像尿碱沤了的墙灰，大片往下掉。我鼻孔里喘出的气，只要划一根火柴，就能呼呼冒烟，好像我是沼气炉子似的。酒顺着肠子进了肝，我能感到它们像四脚蛇似的在我肚子里爬。我买过猪肝，软软的，像是一顶红丝绒的帽子。我知道我的肝硬得像一块生锈的钢板，肝中间的每一个小孔都浸满了酒精，像冻豆腐的蜂窝里都结满了冰一样。我想，我死了以后，谁要是有兴趣敲敲我的肝，一定像用高跟鞋敲木鱼一样，又脆又响……"

兰医生椎骨发凉。她不怕死人，也见过濒死之人的侃侃而谈。当一个人要永远告别的时候，他所有的聪明才智，都会像蜡烛临熄灭前的最后一跳，爆发出凄艳的火花。但这个女人太清醒、太冷静了! 她不知该怎样同她讲话，居高临下的劝慰或是设身处地的怜悯，都显得那样苍白。她嗫嚅着："既然不喜欢喝酒，就不要喝嘛……"

"谁说我不喜欢酒? 谁说的? "郁容秋涂着黑色眼影的眼帘，像海鸥翅膀一样忽闪，显出肝脏病人特有的暴躁，仿佛要把那个说她不喜欢酒的造谣生事者从黑暗中揪出来。片刻之后，她又开心地笑了："我可喜欢酒了。要是没有酒，天知道我的活儿可怎么干！男人们喜欢酒，他们是酒做的骨肉。我跟他们对着喝，酒场上的男人都不愿输在一个女人手里，可他们没有我这种决一死战的气概。他们醉了，我不醉。或者说我连说的醉话也是向他们要账，酒可是个好东西，它能叫人的嘴巴特别快，根本不听大脑指挥。您是研究医学的，您可以查查是不是酒能在神经上钻成洞，让人的思维乱窜？我口袋里有台录音机，我把他们酒桌上说的话都录下来，等他们酒醒了放给他们听。他们比听世界名曲还专心致志。听完了，什么也不说，立马就地还钱然后就赶我走……"

兰医生真没想到自个儿每月发的奖金，竟散发着腥烈的酒气，像一篓子醉蟹。她搓着手说："嘿……真没想到……"

几乎没有人来看郁容秋。她的丈夫不知和什么女人寻欢去了，女儿也早已有了自己的幸福。厂里的有关业务部门来看过郁容秋，进了门，屁股连椅子也不沾，好像病毒会透过厚厚的衣裤，像蚊子似的叮进他们肉里。郁容秋每天都用仅存的气力，把自己化妆得很美丽，端庄地等待着……今天总算来了一个人，她怎么能控制自己谈话的欲望呢！

"当然也有不近烟酒、花岗岩一块的。这样更好办了。我就打扮得花枝招展到他家去。他当然躲着不见。这正中我意，我对他夫人说，你丈夫欠了我的钱，从此后天天来，什么时候还了什么时候算。这一招，简直灵验极了。当天晚上他们家里就不会安宁。我不知道枕头风在别的事情上有多大效力，这桩事上可是马到成功。其实，外地小市的土厂长，我哪能看到眼里去，不过是吓他们一跳看着好玩就是了，谁跟他们当真……"郁容秋咯咯笑起来，声音可是无法化妆的，干瘪粗散，像是从啄木鸟凿空的树洞里发出来的。

戴着瓦片帽的护士小姐走进来，她不去谴责呷呷怪笑的郁容秋，反倒向兰医生竖起了手指：请安静！兰医生明白，这种对危重病人的迁就，也是死亡确已逼近的征兆。她顺势说："你好好休养，我改天再来看你。"心里说，要赶快向厂长报告，郁容秋的日子不多了。

郁容秋恋恋不舍地欠了欠身，算是送行。突然她说："等一等，我有样东西要给你。"吃力地从床头柜里拽出一双鞋。

是"军臭"。刷得很洁净，像一条背面是绿色、腹部是黑色的干鱼。"医院里找不到鞋刷，我是用手指头捅着刷的。可能不干净，请多包涵。"

兰医生接过鞋，黑色胶底的花纹已经基本磨平了，可见这女人在外地时是经常穿着它的，"我留着也没用，你以后穿吧。"兰医生又往回送。

郁容秋嶙峋的手腕拦住她："我大概没有机会再穿这鞋了。"

"别说这话！你能好！能好！"兰医生诚心诚意地说。

"病在谁身上，谁自己知道。"郁容秋凄然一笑。也许是觉得气氛太伤感了,她转了话题,"其实,就是我的病真好了,这活儿我也干不长了。"

"为什么呢? 这活儿全厂再没有比你干得更好的了。"兰医生谈的是真心话。无论对郁容秋怀有多少成见的人,也得承认这是一个事实。

"是啊! 从前骂我是破鞋的人,现在乖乖地冲我笑。以前有不少男人跟我好过,可他们当着人从不理我,好像我身上刷了一层永远不干的油漆,谁沾上就像斑马似的,走到哪儿都会被人辨认出来。为了他们的这份怯懦,单独相处的时候我加倍惩罚他们。他们不愠不恼,我都搞不清谁是真正的能人了,有时候,看着昨天还在我胯下受辱的男人,今天变得冠冕堂皇当着众人讲大道理,大家还挺服气他,我就想,我征服了这个男人,也就征服了所有佩服他的人。兰医生,您别笑我,我是普通人家的女儿,偏巧又生得心比天高。我想做个出类拔萃的女人,可我没有这个机会。没想到清理三角债给了我一个扬眉吐气的好机遇。我从来没有这么舒心过,从来没有这么被人尊重过。别说喝的是酒,就说喝的是毒药,我也眼睛不眨地咽下去。甭管我在不认识的人那儿受了多大委屈,可一回到我认识的人堆里,我心里甭提有多快活。这回不是靠哪个男人抬举,这是我自个儿挣回来的面子。所以,我巴不得老这么乱,你欠我的,我欠你的,永远也理不出个头绪,我就可以一辈子在天上飞来飞去的清欠,病了住进这带空调铺地毯的高干病房……还是九级……九级啊！我们家祖祖辈辈连见都没见过这种州官府官级的干部……"郁容秋的声音低落下去，好像是梦呓般地模糊起来。兰医生知道垂危病人往往有这种情况，时而神采飞扬，时而委顿如泥，情绪像潮汐陡升陡降，她蹑手蹑脚地退到门口，打算通知护士前来照看，然后自己赶快离开，后事还需要张罗呢。

"兰医生，托您给我带个话。"郁容秋突然扶着床沿睁开眼，声音清朗得如同婴儿的第一声啼哭。

"行，行。带给谁？"兰医生忙不迭地答应，心想这一定是同她相好的一个男人。兰医生是标准的贤妻良母，但听了郁容秋这一番披肝沥胆的剖白，她决定哪怕是违背常理，也一定把这可怜女人的口信带到。

"带给厂长。"郁容秋说。

"哪个厂的厂长？"兰医生掏出随身带的纸笔，预备记。这女人四处周游，定然认识很多厂长。

"就是咱们厂的厂长啊！"郁容秋反倒对兰医生的一本正经惊讶起来。

"什么话，你说吧。"兰医生松了一口气，她回去的第一件事，就是要向女厂长汇报郁容秋的病况。

"我同厂长有个约定。"郁容秋神秘地说。

"什么约定？"

"您回去同厂长说,我跟她有个约定,她就一定记起来了……"郁容秋又像雪人似的委顿下去,充满不愿被人打扰的疲倦。她的头枕在蓬松的鸭绒枕垫上,只压出一个极浅的坑,好像头是一只空水罐。罐子将最后一滴水都倒了出来,就异乎寻常地安静下去,等着岁月的风沙将它掩埋。

"你放心,我一定带到。好好休息,会好起来的。"兰医生说。

"您说,我真的会好起来吗?"不知从哪儿来的力量,郁容秋突然用两手环住兰医生的手腕,兰医生有一种被铐住的感觉。

都病成这种样子了,怎么还存这种不合实际的幻想!刚才不是挺明白的吗,怎么眨眼间又糊涂了?不过,兰医生什么都见过,她小心翼翼地把手退出来,然后毫不踌躇地撒谎:"一定能好!"

"郁容秋真的没有康复的希望了?"女厂长问。在自己家里,厂长卸去了西服和工作服,只穿一件华丽的精纺羊毛衫,像一位尊贵的夫人。

"是的,不但没有康复的希望,而且依我多年医务工作的经验,她的时间也只有这几天了。"兰医生拘谨地说。她虽然常给厂长看病,但这一刻是汇报工作,厂长不是病人。

"你是说她一定会死了?"厂长逼问。

"是这样。"当医生的并不避讳死这个字眼,也许是刚从郁容秋那儿回来，谈到一个目前还活着的女人的死期，毕竟令人不安。

"如果她会活下去，我以后会看她。她给厂子里立下了汗马功劳，她在厂子经济形势最恶劣的困境之中，给了我们以莫大的帮助。假如没有郁容秋的努力，我们不会这么快地从困境之中走出，我们会永远记住她的功绩的……"女厂长竖着茶杯盖儿，轻轻拨动茶面上浮动的梗叶，缓缓地像念一段讣告。

兰医生预感到了某种不祥的气息。

"现在，她要死了，我看，我就不必去了，叫有关部门安排一个后事即可。我很忙，我有许多事。全厂几千工人，我不可能每一个离世的时候，都在他身边守着……"女厂长很响亮地把茶杯盖儿扣上了。

"可是，郁容秋不是一般的工人啊……"兰医生说。

"是啊，她不是一般的工人。她不如一般的工人，她受过处分，名声很坏……"女厂长平视着兰医生，她不明白这个平日很聪慧的知识分子怎么这样不开窍！

"可是郁容秋她说与您有个约定！"

"郁容秋说的？她告诉你了？她至死都不忘这件事吗？"女厂长显然紧张起来，她焦躁地站起身，在地毯上走出很急速的步伐。

兰医生没想到厂长的反应如此强烈。那究竟是怎样一个女人与女人的约定呢？

"厂长,我只是想与您有个约定。不是钱。我的丈夫对我不好。我的女儿没有钱已经这样轻浮,有了钱,更不知会怎样,我不要钱。我只是希望,假如我能出色地完成规定的清欠指标,我想让您给我鞠一个躬……您是不是觉得我太狂妄了?不,您是我最敬佩的女性。您不仰仗任何男人,凭着自己的本事,堂堂正正地立在这个世界上,所有的男人和女人都尊重您。我一辈子也做不到像您那样,可我渴望也光荣一次,也像模像样地立在人前头一次。厂长,别笑话我这个想法冒昧,我愿意一千次一万次地给您鞠躬,只求倘若我是个合格的催款员,您能代表全厂,给我鞠一个躬……"在那间充满冷气的房间里,郁容秋脸庞上淌过透明的汗液,仿佛粉脸上覆盖了一片水色的香叶。

这真是一个奇怪的先决条件。尽管突兀,女厂长还是感到惬意。"我的腰弯一弯就那么值钱吗?"她戏谑她说。

"我说过了不是为了钱。"漂亮女人低下头,口气却毫不退让。

"好!我答应你!"女厂长郑重地说。鞠个躬算什么呢?这在国际上是普通的礼仪。你可以故作清高地不谈钱,但一厂之长必须谈钱,钱已经像厂长自身的血脉一样宝贵。况且,这个女人能否搞到钱来,还是一个不明底细的神话。女厂长巴不得能早点儿给这个女人鞠躬,那证明严冬即将过去,春天就要到了。为了工厂,她已经付出了全部心血,再加上脊柱倾斜一下角度,算得了什么牺牲!

今天的厂长望着那天的厂长，觉得她很愚蠢。她没有想到启用这样的女人，在全厂掀起轩然大波，人们普遍认为厂长已经山穷水尽，穷途末路。女厂长坚决顶住了这一点，就像洪峰到来的时刻要不断加高堤防，她苦口婆心地开导大家：不论人怎样，钱总是干净的。厂里的种种传闻她都知道，她不止一次庆幸自己是女人。假如是男厂长，重用这样的女人，会被人们用舌头编织而成的绳索，活活勒死。她以自己卓越女企业家的人格，在为一个下贱的女人作名誉上的担保。这种牺牲和这种代价，只有身在其位的人才能体验到。

"郁容秋没有说她同您约了什么，只是说让我带话给您，说您一定记得的。"兰医生小心翼翼地说。

"是的，我记得。"女厂长决定对女医生敞开心扉。一个工厂就像一个海岛，厂长像个孤独的渔夫。

"她要我向她鞠个躬。"女厂长已经平静下来。

好个独出心裁的女人！兰医生在吃惊的同时，也佩服郁容秋的匪夷所思。

"我不鞠！"厂长斩钉截铁地宣布。"作为女人，我很可怜同情这个女工，不管是什么原因造成她的命运，她的一生是不幸的。假如我是普通人，我完全可以鞠这个躬，作为生者对即将逝去的人的安慰，我还可以做得更周到一些。但是，我身不由己，因为我是厂长！厂长向这样一个卑贱的女人屈膝，会成为厂内经久不息的新闻。在可以预见的不久的将来，它甚至会演绎成骇人听闻的传说。"

兰医生点点头。厂长绝非多虑，工厂的休息室像远古时先民们居住的洞穴，可以诞生最神奇的想象。

"实在讲，像郁容秋这种人的崛起，是由于不正常的经济形势造成的，就好比饥不择食一样。现在，作为一个历史阶段，它已经从我们面前翻过去了。她就要死了，我却还活着，还要给几千人当家。好比一个家里的爷爷，给一个不孝子孙鞠躬，你说我以后还能否有权威？"

兰医生不语。

"所以，请对郁容秋讲，并非我一厂之长食言而肥，实是在官身不由人。假如她为了这个厂子，已经付出了重大的代价，那么，请求她再作最后一次牺牲，她想借我这一躬以提高自己做人的价值，我却不能鞠这一躬，要保持作为厂长的价值。作为一个女人，我失信于她，她可以在九泉之下怨恨我。作为一个厂长，我别无选择。"

夜，静寂得如同一张无边的桑叶，无数不知名的声音，蚕似的噬着它，留下大大小小朦胧的空洞。

兰医生的思绪像秋千一样徘徊在两个女人之间，她觉得环境太能左右人的意志了。在充满华贵和死亡气息的干部病房里，她义无反顾地同情郁容秋；在女厂长家被焦急的脚步磨擦的女人的步伐踩出战壕样的痕迹,她想:"女人能够干的事业,除了从医之外,实在是很有限的……"

"兰医生……您给我带话……带到了吗?"郁容秋终于没有气力化妆了,像一片剪纸,平展展地架在白色的被子下。各色抢救胶管,像一把怪异的伞,笼罩着她。

"带到了……带到了……"兰医生忙不迭地说。

"那她……怎么还……还不来啊?"郁容秋像一个等妈妈回家的小女孩子,怯怯地问。

"她忙。她可忙了。咱们都不知道她有多忙,她可是真忙啊……"兰医生语无伦次但非常坚决地说。

郁容秋闭了一下眼睛,再睁开的时候,像拧去盖子的墨水瓶,漾着幽蓝的光。

"兰医生,您知道我这一辈子什么事干得最漂亮吗?"

"不……不知道。"兰医生夸张地摇头。只要郁容秋不谈厂长,什么话题她都乐于奉陪。

"就是讨账了。"

兰医生点点头。这一次,没有夸张。

郁容秋又闭起眼睛。兰医生以为她就此疲倦地昏睡,觉得很好,没想到她又像打开一本沉重的字典一样,翻开眼皮,刚才是在积蓄力量。

"所以,我一眼就能看出谁想赖账了。厂长觉着我没用了,她放不下面子。她想赖了同我的约定。对不对？兰医生，您甭骗我，我什么都知道。厂长赖了我这笔债，我就要死了，我没地儿去讨了……兰医生，您跟我说实话，我说得不错吧？"郁容秋的双眼，像极地生满了苔藓的荒原，在一片惨白的背景下，暗淡而执著。

"不不！绝对不是这样！你想到哪里去了！厂长说她一有空，第一件事就是到医院里来看你，她说你给厂里立了大功。你不能这么不相信人！你要是这样，连我都信不着，我这就走！"兰医生佯装发怒。一般人都不敢对病人发火，但兰医生敢。只有这样，病人才能相信谎言，而谎言是对病人的最高仁慈。

郁容秋果然慌了。"我信，我信。兰医生，别生我的气。我纵是信不过厂长，也不能信不过您。只是我这一辈子，被人骗的次数太多了，我也骗过人……我知道您不会骗我，厂长也不会的，不过是我一天自个儿待着没事，瞎想得太多了……"郁容秋没有闭上眼帘，兰医生却看不到她的眼神。这其中隔着水幕，像汽车大灯厚而瓷的玻璃罩，把郁容秋的瞳仁放大得如同古井……

兰医生再也不想多待一分钟，否则对自己对别人都是煎熬。刚想溜走，听到郁容秋对着空洞的天花板说："我等着您……"

兰医生在其后的几天内，坚决不去医院，她怕自己抵不住那充满死亡智慧的诘问，反倒更添人痛苦。但她终于忍不住了，她跑到了医院。她想郁容秋是个聪明的女人，隔了这么长的空白，她该不会再追问什么了。

兰医生猜得真对，郁容秋真的不再追问那件事了。

"这是你们的高干女病人最后一直握在手里的东西。"戴瓦片帽的护士小姐平摊开手。

三枚像围棋子一样润泽的扣子，有着黑色大理石样的纹路。

束脩

倪正有个朋友在公安局,常从倪正的摊上混双小孩鞋。时间长了不过意,说:"我们那儿有电脑,你不想查查以前认识的谁谁,现今在哪儿?"

倪正没什么可查的人。该有联系的,搬哪儿去也知道下落。该没缘分的,把名字地址写小本上也白搭。突然,一个名字像氢气球似的从记忆的深海浮了出来,塞在他的喉咙口。

别!还是别打听她!

倪正把这触目的红气球强压进心底。可是从此他不得安宁。终于有一天,他去找朋友说:"帮我打听打听汪学勤吧!"

"女的?"

"女的。"

"以前是干什么的?"

"小学老师。"

"30多岁？"朋友颇有深意地歪着头。

"对，30多岁。"倪正眼前出现了一位端庄的女人，穿敞领很大的制服，好像那是两片葵叶托着她的脸庞。

"明天听信吧！"

"哎，错了错了！"倪正两手一拍，清脆得如同塑料鞋底击在一起。"那时候30多岁，现在25年过去了，该是靠60的人了！"

小时候教过你的老师，在学生眼睛里，似乎永远年轻。

朋友把地址送了来。倪正小学五六年级时的班主任汪学勤，现已退休，住在郊外的卫星城。

倪正给小学时的中队长，现在的女记者姚小蒙打电话，约她一块儿去看汪老师。他不愿单独去见老师。"下课后你单独到我这儿来一下。"对所有的孩子，这一句话都具有持久的威慑力。

"你怎么突然想起找她来了？"

"不是突然。这么多年，我其实一直想找她，只不过自己不愿意承认罢了。"

"咱们再约上乔一水吧！她现在是医生，主治医师。当初是咱们三个人。现在也该是咱们三个。"女记者说。

倪正用的是公用电话，已经有两三个排在他后面，像准备玩老鹰抓小鸡的游戏。"由你安排吧！我是自由职业者，随叫随到。"他预备搁下话筒。

"你是发起人,怎么反倒成了我召集?"女记者骇怪地叫起来。

"别忘了,你是中队长,而我不过是个普通队员。"倪正觉得这理由天经地义。

"那乔一水还是大队长呢!"姚小蒙很愿意延长这种谈话,它使人觉得年轻。

倪正回到家,修了胡子刮了脸,又叫老婆预备了一套西服。最后把这几天的晚报重新看了一遍(他没订别的报),把国家大事说了说,预备那个女老师提问。想了想,再没什么可准备的了,便安安静静地开始等通知。

天下雪了,倪正的雪地靴卖得挺快。他突然用余光瞟到两位气派不凡的女士站在一旁,虽没看清脸,也立刻停止了同顾客的讨价还价。他得让小学同学记忆中那个诚实厚道的小男孩永远活着。

真是她俩!姚小蒙穿一身大红色太空棉防寒服,喜庆得如同一根笔直的二踢脚。乔一水脸色苍白,从头发梢里往外沁着药气。

"刚下夜班。"乔一水轻敲着自己的太阳穴。明亮而聪慧的眼睛,在太阳穴的内侧,宁静地注视着倪正。

嘿!大队长就是大队长!这一眼,就让倪正回到了当年俯首听命的位置上。

"我同汪老师联系上了。她在家养病,随时欢迎咱们去。"姚小蒙面向乔一水说。

"我回去换套衣服。"倪正也向乔一水说。

"不必了。去看老师,又不是当新郎官!你当年拖着两筒鼻涕,汪老师也没嫌弃过你啊!"

假如是别的女人这样说倪正,倪正会火的。但乔一水从小就是这样对倪正讲话,反倒亲切。

"既然是去看病人,空手不好。"姚小蒙说。

倪正本来想说从自己摊上拿两双鞋吧。有一种适合老年人穿的棉鞋,脚踩进去就像陷进面包里,暖和极了。又一想,从自己摊上拿,显不出贵重。就是她们终于决定要送同样的鞋,也一块儿到国营商店去买。

乔一水说:"咱们一边走一边看吧。什么东西像萤火虫似的在咱们眼前一亮,就说明咱们都看上它了。甭管多少钱,买就是了。送给老师的礼物,我猜大家都不会吝啬的。"

倪正随两位女士走在繁华的街道上。他绝对要比她们想象的富,他在提醒自己:一会儿掏钱的时候不要太大方,千万不能一时冲动,就多出钱。三一三十一,大家均摊。不能让一位大夫、一位记者心里头失去平衡,她们虽然名气大,手头肯定不宽裕,不能在这上头压过了她们,让大家不痛快。就是想对老师表示心意,这回认了门,下次自己多提点儿礼物去看看,不是更好吗?

琳琅满目的商品。今冬流行大披肩,像床单一般大的围巾,把女人们裹得如同襁褓中的婴儿。两个女人站住了。

"给汪老师买条大披肩吗?"倪正问。

不，不。两个女人开始移动脚步。在那一瞬，她们想到的不是年逾花甲卧病在床的老人，而是自己。

"你们说，汪老师会不会忌恨我们?"乔一水突然转过身问。

他们面面相觑，这是他们一直在回避却又不得不面对的问题。他们的良心驮着这个问号走了二十五年，这个问号浸满了水，越来越沉重。他们去看望这个老女人，主要是为了让自己的心灵解脱。

他们是站在一家光怪陆离的玩具商店面前谈论这些话的。一群绒布猴子一只搭住一只，攀在透明的悬崖绝壁之上。

"假如她那时不抽烟就好了。"姚小蒙说着掏出一支细长的女士香烟，兀自抽了起来。

"假如我们那次不到她家去就好了。"倪正说。

"假如我们没看过那场电影就好了。"乔一水说。她开始漫步向前走，好像一只没有帆也没有橹的船。

没有人能听得懂他们的话，也许只有一个人，那就是汪老师。

汪老师的家那时候在天安门附近。1964年的国庆节，庆祝建国十五周年，从未有过的盛大与升平。汪老师随口说道，在她家的小院里可以看到礼花在头顶开放，有一种绸布的降落伞，还曾挂在她家的桃树梢上。

乔一水说："汪老师，十一那天晚上，我们到您家去好吗?

我们保证不打扰您,只在院子里静静地坐着。"她自知自己是好学生,而好学生总是比较敢讲话的。

汪老师觉得自己过分渲染了国庆节之夜的美丽,而且这将给家人带来很多麻烦。她与公婆合住,那是一个庞大的家族,但她不愿拂了学生们幼小的心灵。她说:"好吧。不过你们不是在我家住一夜而是住两夜。"因为她家距天安门太近,从九月三十日下午戒严直到二日凌晨才解除。

初次离家!这对少年们是多么令人神往的事情。全班学生选出了自己的代表——大队长、中队长和进步最大的同学去老师家。

第一夜他们睡得很好,有一个崭新的节日在等着他们。第二天他们很早就爬起来了,预备每一分钟都与众不同地度过。那时候没有电视,只有播音员在收音机里用夸张的声音热烈地说:看!农民兄弟的队伍走过来了!他们手里的麦穗像金子一样在闪光,棉桃像银子一样灿烂……

在这段话过去大约十分钟,孩子们在胡同口,从大人们的胳膊缝和脖子旁的空当里,就看到农民伯伯和婶婶们走过来了,只是麦穗和棉桃都耷拉着。农民都是高校的学生装扮的,头天晚上在指定地点坐了一夜,刚才又着实兴高采烈了一阵,现在都无精打采的。乔一水最先失望:"这还不如过些日子新闻电影拍出来好看呢!"

大家都有一种受了骗的感觉。

回去吧。汪老师在自己家里忙着做饭。她平日工作忙,顾不了家,节假日就像赎罪似的干活,况且她这次又领回一帮半大不小的毛孩子。姚小蒙觉得汪老师对大伙还没有在学校时好。

开饭了。汪老师怕孩子们拘束,就给他们在院子里单开了一桌。大家看着围着花围裙的老师,觉得很陌生。

汪老师把饺子盛好,又忙着侍候公公婆婆去了。孩子们有一种被遗弃的感觉。一咬饺子,茴香馅的。乔一水父母都是南方人,从来没吃过这种馅的饺子,就说:"我不吃这种草做的东西。"姚小蒙也说:"这东西有一股中药味,跟咳嗽糖浆似的。"倪正原本是吃茴香的,一看大队长中队长都不吃,自己也不好意思说爱吃了。

汪老师一看饺子剩了这么多,就掏出钱来让孩子们到街上去买点心。游行还没完,戒严着走不远,只在胡同口小铺里买了几块月饼,硬得像怀表,泡了水才咽下去。

到了晚上,才发现站在外头看焰火简直是受罪,就像在太阳底下仰头看太阳似的,根本睁不开眼。还有纷纷扬扬的礼花弹皮,像雪花似的飘洒着。汪老师一家都躲在屋里不出来,只有三个孩子像小桃树似的站在院子里。

终于等到放降落伞了。一串发着磷光的亮点在天幕上吱吱叫着乱窜,画出不规则的几何图形。在摇曳的银线就要熄灭的瞬间,一个个蝌蚪似的降落伞,陡地抖开在无边的苍穹。它们无声无息像候鸟似的迁徙着,被无所不在的高空风吹得膨胀如睡莲。

礼花尚未散尽的烟尘，在长空中留下斑驳的彩雾。降落伞钻过它们的时候，被镀上美丽绝伦的色彩。降落伞像蒲公英花似的，抖一抖身躯，将瑰丽的颜色留在天空，它们洁白而又执著地向大地扑降下来。

假如能捉到一只降落伞，所有的沮丧就都烟消云散了！这个国庆节将无比美妙地飞翔在孩子们的记忆之中，永远不会着陆。

起风了，北京城极少见的正南风。风在半空中扬起翅膀，将所有的降落伞都驱进故宫深不可测的院落之中。

汪老师以为他们很高兴。她最后一眼看他们的时候，他们正像向日葵一样望着星空。她被亲友们拉去打麻将。她极少陪着玩这种游戏，因为亲戚们对她领回家的孩子们很宽容，她愿意让他们高兴。

三个孩子躺在一张床上，久久没有睡着。他们刻骨铭心地想念自己的家，觉得这个阴冷的宅院莫名其妙。

"汪老师骗人！根本就不会有降落伞落到这里来！"乔一水说。

"骗人倒不是。怪南风。"倪正说。他在天空盯住了一朵降落伞，觉得它已经属于自己了。只要收紧线，降落伞就会像风筝似的回到自己手中。

怨南风是很公正的，可怨南风解不了气。他们从小就学会了嫁祸于人。比如小孩子不小心跌倒了，大人们就跺跺地说：多么可恶的地啊!

"我要上厕所去。我一害怕就想撒尿。"姚小蒙说。

当了医生的乔一水,后来正确地分析出人害怕时尿多是因为心里紧张血流增快,血像山洪暴发似的通过肾脏,肾就滤出了更多的水。这就像往筛子上倒的河砂多,筛出来的石头子也多一样。

姚小蒙去上厕所,穿过一重又一重天井。这同自己家不一样,自己家的厕所就在单元房内,汪老师的家中的厕所在院落最深处。她几乎迷路,突然听到一阵啪啪啪、啪啪,有节奏的敲击声,像一曲晦涩的歌谱。她想起一部电影叫作《永不消逝的电波》,她在那里面听到过这种节奏——那是电台在发报!姚小蒙被自己的重大发现吓破了胆,她没有胆量去寻觅这声响发出的准确位置,连厕所也没有去。所有的尿都倒流回血液中了。

"乔……一水,你睡了吗?"她战战兢兢地问。

"我没有睡。我想明天一早我们坐头班车回家去。"

"你不上厕所去吗?"

"我没有尿。我不去。"

"你去吧。你要是去了,你就会发现一个秘密。"姚小蒙把乔一水从暖和的被窝里拉出来。

乔一水被秘密吸引着,披起了衣服。很快,她就回来了,脸白得像月光下的一块碎镜子:"你猜我看到了什么?"

姚小蒙想她应该说听到了什么,结果是看到,这说明秘密之外还有一个秘密。她不甘示弱地说:"你知道的我也知道,所以我才叫你去的。"

"我想汪老师是一个特务!"

啊!

连最先听到发报声的姚小蒙都吓了一大跳。这么说,一切都是真的了?

"我看见汪老师穿着一件绸子衣服,闪闪发光,像是洋铁皮做的一样。她正和几个人在商量什么事,头像羊犄角似的抵在一起。而且最重要的是——他们点的是油灯!"

那天晚上,这一片停电了。孩子们一直没有去拉灯绳。在他们受过的教育中,所有的特务聚会时,点的都是油灯。

女孩们把倪正叫醒,把这个重大的发现告诉他。倪正像梦游似的被逼着去看了一趟,回来时竟比女孩还要激动。他看见汪老师正在吸烟,油灯光是从下面往上照射,这个角度的光芒使任何人的脸都显得狰狞而恐怖。还有银光闪闪的绸缎夹袄、笔直的硬领代替了平日朴素的大翻领。那个温柔美丽的女教师在扑朔的灯焰中消失了,从烟雾中浮起另一个女人,像连环画中的地主婆。

孩子们在昏暗中惊恐地睁大眼睛,断定自己堕入魔窟,他们很想有所动作,但是不知道该干点儿什么或是能干点儿什么。他们焦急地等待着,觉得事情既然有了这么不寻常的开头,一定还得发生下去。直到无边的困倦像一床黑而柔软的毯子，将他们裹挟而去。

第二天阳光灿烂，所有昨天晚上的事都像一个吓人的童话。汪老师穿着洁净的翻领服装，为他们买来大饼油条。他们都饿了，吃得忘了一切。等到吃饱了，他们就快快活活地同老师家人告别，回自己家去了。

汪老师把他们送到汽车站。那时候逢到过年过节，汽车站上也有人卖票。汪老师为孩子们买了票，一一放在他们手心里。

这个汪老师跟那个穿绸缎衣服、抽烟、手指像发报一样动弹的女人，是一个人吗？孩子们迷惘地看看太阳，太阳的光线像注射器推药一样，把温暖注入他们的体内。他们昨天晚上都忘了掐掐自己，主要是当时真实得绝想不到要掐自己。他们又想互相核实一下情况，一看彼此问询的眼光，就知道那一定是真的。

"怎么办呢？"下级问上级。在少先队员眼中，三道杠是智慧和力量的象征。

"我们应该向公安局报告。"乔一水在公共汽车拥挤的人群中说。

可是，报告什么呢？在黑夜中显得那么铁案如山的证据，在阳光下突然像蝙蝠一样藏匿起来。

"那我们就暂且不去报告，暗暗观察她的活动。等情报搜集得多了，咱们再一块儿报告，你们说好不好？"大队长到底是大队长。

"好哇好哇!"两个下级齐声欢呼。他们不单因为这个主意妙,而是为不必再纠缠在这件可怕的事情上而高兴。

他们很快把这件事给忘掉了。他们恰好13岁,这是一个充满幻想和叛逆的年龄。如果把每一个13岁少年脑子里掠过的念头,都用化学药品固定下来,一定会塞满一个庞大的博物馆,并且令所有的成年人胆战心惊。他们会怀疑自己不是父母亲生,会怀疑周围某个熟人是外星球的奸细,或者干脆认为自己爱唠叨的祖母是一条大灰狼变的……

这一切都本该消失的。他们面临升中学的关口,汪老师很负责地抓他们学习。他们虽然有时会恨恨地想起:你也许还是个特务呢,别这么神气!但更多的时候,不得不俯首听命。

汪老师没有察觉到孩子们轻微的怪异。她虽是大学生,但因为家庭出身不好,而被从中央的机关清洗出来。她没有学过儿童心理学,她不知道少年有一个反抗期,她只是全力以赴钻研把孩子们学习提高上去的规律。

一切如愿以偿。大队长、中队长和那个进步最显著的学生,都考上了重点中学。家长们很高兴,孩子们也很高兴。他们在毕业前与自己的老师和好如初。因为除了那恐怖的一夜,他们再也没有发现任何破绽。

他们在中学读了8个月的书,从此开始了"史无前例"。他们被高年级学生戏称为小萝卜头,中学里的一切还没来得及熟悉,他们又长又大的尾巴还留在小学没甩进中学的大门。

他们目睹了所有的热烈所有的澎湃,听得见自己的骨头麦苗拔节似的咔咔作响,可中学不需要他们。

不知哪个学校一个聪明的男孩,提出一个响亮的口号:杀回小学闹革命!

啊——呜啦!孩子们欢呼起来。那时候他们学的是俄语,这个表示欢乐的词像多少年后的OK一样风行。

从初中的老末到小学的老大,这是一个令人鼓舞的划时代的变化。乔一水和姚小蒙已不是大队长和中队长了,中学是一个群英荟萃的地方,她们已同倪正一样成为平民。大家快活地抒了别情,想起自己神圣的使命。

"真没想到,咱们那个时候的革命警惕性就那么高!"乔一水由衷地赞美一年半以前的自己。

"听说汪学勤已经给关起来了,正等着咱们这发重磅炸弹呢!"姚小蒙说。

"主要的还是你们俩说吧。我补充行吗?"倪正仍旧是很憨厚老实的样子。

孩子们高兴极了,充满无与伦比的自豪。他们从来没有这样快活过,所有压在头上的大山都在一夜间轰然倒塌,自己就是天生的革命者。

他们争着回忆那天夜里对特务汪学勤的发现，互相补充想象着把事情织补得天衣无缝。

汪学勤现在就关在一间小黑屋内，等着他们批斗。

他们雄赳赳气昂昂地走到门前，突然一齐站住了。

"你先进去吧！你是大队长。"倪正推乔一水。

"大队长怎么了？这次就非让你先进，你还是个男孩呢！"乔一水掩饰住内心的怯懦，很有气魄地说。

"别争了。喊一、二、三，我们一起进！"姚小蒙说。

他们砰地推门进去，好像一个汹涌的浪头。汪学勤正坐在桌前写检查，她第一个表情是充满欣喜的。当年她最喜欢的几个学生，长高了长大了……她不由自主地伸出手，树枝一样摇曳着，想去抚摸他们的头……

三个人惊愕地后退了一步。他们的汹汹气焰在老师的这个习惯性动作面前，好像绵白糖泡进了水里。他们拥挤在一起，对老师的传统畏惧像疟疾一样发作，他们躲闪着，好像老师的手是一场突然袭来的风雨。

乔一水毕竟当过大队长，她对自己和同伴们的怯懦很不满意，在这关键时刻挺身而出了。少女柔美而洁白的指掌，在空中像划水似的游动着，空气咝咝叫着，裂开一道黑暗的峡谷。她的手像鸽子一样飞了过去。毕竟只有14岁，还没有成年的汪老师个儿高，乔一水的手只击到了汪老师脖子与面颊相连的部位。那里是一个水坑似的凹陷，女孩子的手背，便像被虫噬过的树叶，不情愿地翻卷了过来……

就像暴雨中是先看到闪电而后才听到雷声。许久之后，时间长得乔一水感到手指发酸想回去睡觉了，他们才听到震耳欲聋的皮肉撞击皮肉的响声，很清脆，像气球爆裂时的声音。

残暴是具有传染性的，孩子们都举起手来……

"你们为什么？为什么……"汪老师惊愕得像一头被击中的母鹿。她什么都想到了，可她没想到自己最喜爱的几个学生，会向自己高举起手掌。那些手掌比半年前大了一点儿，像一枚枚闪亮的白桦树叶子，她甚至看清了胖而圆的小手掌上蜿蜒的纹缕，像一条条嫩红色的河流……她其实是常常看到风铃似的小手掌的，它们高高地举起，像栽在课桌上的一种奇怪的植物，忽而生，忽而灭，全凭她的意志而生灭不已。现在，轮到她向她最心爱的学生，提一个自己一生都无法解开的问题。

"因为你发电报……"

"因为你是特务……"女孩子尖锐的声音像鸽哨一样，即使在诅咒的时候，也很悠扬。

"因为你抽烟……"乔一水感觉到证据不充足，抛出了她认为最有分量的事实。六十年代是一个节俭而朴素的时代，她真的没有见过任何一个女人抽烟。

汪老师没有感到疼，所有的感官都进入了思索的提问：什么时候什么地点什么情形下她当着孩子们抽过烟呢……

"打人的感觉,像一副手套,粘在我的手指上,这么多年了,怎么洗也洗不掉。"乔一水站在丝绸商店花团锦簇的橱窗前说,脸色端庄而平和。在马路上,走着许多这样温文尔雅的中年知识女性,你绝想不到她们曾经有过的凶猛和残忍。

"所以,我们才要找到汪老师。不但是为了她,也是为了我们自己。"姚小蒙如今活得磊落而洒脱,几乎没有什么事她办不成。她有许多朋友,她慷慨地为朋友们办事,觉得自己像甘霖一样普度众生。但她内心最偏僻的角落,有一块隐病。许多年来,她把岁月像积雪一样堆在上面,她以为自己成功地遗忘了这件事。现在,积雪轰然倒塌,它非但没有将一切消失,反而保管得栩栩如生。

比较起来,也许倪正的罪恶要小些。在巴掌的起落中,小男孩是控制了胳膊上的肌肉力量,只要大队长和中队长不说他是叛徒,他愿意手下留情。他想汪老师一定也感觉了这一点,因为人脸是感觉最灵敏的地方。她妈打他时,哪一下轻,哪一下重,他心里都有一本账。许多年后他才懂得,不在于手的重量,而在于手的高度……

他们想给汪老师买块绸缎,挑来拣去确定不了颜色。后来决定买支人参,野山参和高丽参又恰好没货。买吃的水果食品吧,乔一水坚决反对,说这太庸俗了,又不是三年自然灾害时代。姚小蒙说要高雅的,那我们去买一束鲜花吧!大家都非常赞成,兴冲冲地挤进花店,人家说鲜花要预订,现有的几株有点儿凋零残败了。

突然,他们眼前一亮:这不是乔一水说的萤火虫飞过,而简直像颗照明弹炸在眼前。

这是一家很大的工艺美术商店。无数珍宝玉翠,像小妖的眼睛似的,在黑金丝绒铺就的台面上,熠熠闪光。

那个穿着巨大翻领的整洁制服的老女人,是不会喜欢这种东西的。

越过这些珠光宝气的饰物,真正吸引他们视线的,是一套乌黑如炭的福建大漆烟具。一个小脸盆大小的烟灰缸,一个精美绝伦的烟盒,端放在椭圆形的托盘里,仿佛是黑色大理石雕刻而成,润泽而温暖地等待着他们。

"对!就买它!"三个人异口同声地说。

他们能评判老师吗?他们想借此道歉吗?难道几十年过去了,他们有资格对老师说:您其实是完全可以吸烟的……他们自己也不明白,但在无数的商品之中,他们一眼看中了它!

"你们两个把它买下来。我再去转转。"倪正不容置疑地扔下这句话,匆匆走了。两个女人望着他那高大的背影,第一次意识到他不再是那个憨厚的男孩。

大队长和中队长很顺从地采纳了普通队员的主意,细心地挑了一套绝无瑕疵的烟具。倪正赶了回来,手里托着一枚像金龟一样耀人眼目的打火机。

"多少钱?"姚小蒙问。

作为医生,乔一水毕生致力于反对吸烟,但她很赞赏倪正的想法。现在,就更加完美了。

倪正报了一个价钱,很便宜的。作为一个对烟具颇有研究的女人,姚小蒙没有揭穿他。

这种打火机的价钱其实很昂贵。

他们把东西递给购物小姐,让她用铝箔包扎成一个很美丽的包裹,还用红丝带扎了一个大大的蝴蝶结。

他们终于在林立的居民小区找到了汪老师的新居。离天安门已经很遥远了。

他们按响门铃,有悦耳的音乐响起。从门铃的考究来看,汪老师的晚年,该是很安逸的,大家心里很宽慰。

一位腰系白围裙的小阿姨开了门,听他们讲清来意,很热情地说:"请进。很欢迎你们。汪老师这两天总在念叨你们。不过,"她侧身将他们让进门厅,压低声音说,"讲话时间可别太长,汪老师的病很重,是肺癌……"

礼品盒子上的红蝴蝶,像活起来一样,飞呀飞。

雉羽

女记者李缅第一次到矿山。

他们这个"部级"公司的总经理要到最偏远的基层去,作为行业报纸,要大张旗鼓地宣传。李缅先到后,京城情况有变,总经理要三天后才来。

在这山清水秀人不知鬼不晓的地方待三天,对于在城里泡酥了的李缅,真是快活事。

清早,她被像锥子一样尖锐的鸟鸣刺醒。披衣出去,空气清新得像刚装罐的矿泉水。鸟儿隐在竹林深处,仿佛竹叶子自己在响。

有香气像小蛇似的在林中缠绕。寻过去,见是简陋的招待所的灶间。一个年轻女子,身穿白炊事服,正在烧麻油,香味很冲。

"好香呀!"李缅夸张地赞美。要想让一个女人对你有好感,最巧妙的办法是夸她手里的活儿。

"不过是乡野小菜哦。"女子果然高兴地搭话。

"我是记者。"李缅说。她很欣赏域外枪匪片中"我是警察"那句,移植过来,终没人家那样振聋发聩。

"也是跟大头头一道来的吧?看得出的,衣衫好漂亮。"女人停了劳作,渴慕地说。

好晦气!李缅几百元一套的时装,被一个山野乡姑欣赏,这说明衣服的档次还不够高雅。

李缅想走。

"问你个事,可要说真话。"女子凑过来,李缅闻到盖过辣椒的乳腥气,注意到她胸前像挂着两颗地雷一般隆起。

李缅想她一定是问自己结婚没有,孩子多大了之事。乡下女人,除了这些,还知道什么!

"你可知道总经理最爱吃什么菜?"女人俯下身,像个拙劣的特务在刺探情报。

唉呀!这可难煞李缅。她到报社并不久,见总经理不过有数的几回。

不能在这个乡下女人面前掉价。李缅想,总经理是四川人,肯定爱吃辣的……李缅迅速检索着头脑中关于总经理的菲薄记载,很矜持地说:"爱吃辣的。对,肯定爱吃辣的!更正确地讲,是麻辣烫鲜……"李缅想起一家四川饭店的招牌。

女子忙不迭地点头，说："我叫小杜。"然后拼命地眨眼睛，好像眼珠是录音带。

"还有呢？"她接着问。

还有什么呢？李缅可真不知道了，她有些窘，突然觉得这个浑身散发奶腥辣气的小杜有些可恶。一个山野中的丑女子，还想讨好高高在上的总经理吗？纵是做得还算好吃，端出去，总经理吃完了抹抹嘴，也不会问一声是谁做的，难道还能给你转正式户口、落城市户口、长工资分房子么？想得美！她挑起嘴角说："总经理最爱吃鱿鱼海参燕窝鱼翅，你们这里有吗？"

"没……有……没……"小杜手足无措地在白工作服前襟胡乱抹着，留下辣子油浅淡的红痕。这是为了给总经理做饭特地买来换上的，因为延期，总经理人还未到，工作服已经脏了。

"那还有什么好说的呢？"李缅很得意地说，心想叫你刨根问底！

"好记者姐姐，帮个忙吧！我这么倒霉，给总经理做饭的事，像个鸟屎，巧巧地落到了我头上。原说是从几百里外请个好厨子来的，人家要的价码太高，矿里开不起的，矿快死了，再也没几滴血了。听说总经理兜兜里有钱，哄得总经理高兴，手指缝缝里漏出些，我们这个矿就有救了。矿里说在职工老婆媳妇里挑个最会做饭的，给总经理做好吃顺嘴的。我说我不行哪，家里还有个吃奶的娃子。可矿上说，这个菜就得你做，谁都知道你最巧，你能眼看着全矿人封了坑去当土匪啊！做饭的事，我就答应了……"

一天的饭菜都很可口,而且开始突出辣的特色。第二天早上的小菜尤为精致,李缅知道自己成了总经理的替身,现在是演习阶段。虽说对菜肴的干净程度还不敢完全放心,而且李缅还隐隐嗅出一股奶腥,但实事求是地说,小杜的手艺确实不凡。

小杜风风火火地从灶间钻出来。换了一件天蓝色的干净衫子,年轻利落了不少。

"快!跟我走!"小杜一把钳住李缅,干脆得像在拎一棵葱。

"哎哟哟……到哪儿去……"要不是当着众人,李缅就要大声叫起来。但优雅女性是应该很有教养的。

"你随我。"小杜捏着她,简直像押犯人,拽出了饭厅,外头停着一辆沾满泥巴的130货车。小杜扯开车门,把李缅捅进去,然后鱼跃而进,砰地砸上门,对司机吼了一声:

"开!回来晚了,娃又饿了!"汽车就像拖拉机似的,轰隆隆驶上了蜿蜒的山道。

李缅被夹在当中,汽油味和奶腥气熏蒸着,觉得很憋气。

"你这是要把我劫持到哪里去?"李缅问。总经理明天到,今天是最后一日轻闲。她很希望能发生点儿什么事,但肯定不是这种事。

"领你到一个好耍的地方。"小杜一本正经地说。

附近的好地方李缅都耍过了,无非是一些很绿的山和一些无色的水。短时间内当然还是有情趣的，但李缅已经开始怀念城市了，怀念那些光怪陆离的灯火和热带鱼群般的车流。

"我可不愿意看庙了。"李缅已经看过一座小庙，庙里登记奉献香火钱的黄榜上，赫然写着矿里工会的名字。这也是集体福利事业，求佛门菩萨保佑矿工井下平安。

"道观也不看。"李缅又补充。恍惚听说附近还有这样一个场所。

"不是道观。那些都没用，到了井下能不能活着回来，全凭本事和运气了。"小杜说了一句很哲理的话，"拜佛还不如拜总经理呢！"

车甩过几道山坳，在一处空场停下。浓烈的腥气、潮气、青菜气、野草气、鸡鸭禽粪气、猪臊气、羊膻气，还有暖烘烘的人气，搅和在一起，像一块毛茸茸的气毯子，铺天盖地罩了下来。

一处极大的露天市场。

"逢大集，瞧，多热闹。比北京怕也不差！"小杜得意扬扬，仿佛一个女孩在显示她衣裙上最美丽的那块补花。

原来小杜是拉她来参观农贸市场啊！作为采风，李缅乐意。也许在某个偏僻的小摊上，正有个造型古朴的木雕或石锁，等着她去购买。带回北京，会令朋友们惊叹不已的。

李缅刚想感谢，小杜嘻笑道："请大姐来，是让你帮着拿个主意，看总经理爱吃哪一口，我今天买下明天做给你们吃……"

不管李缅乐不乐意，这个采买参谋是不容推辞了。

集市上脚跟碰脚跟，李缅的白色皮鞋很快成为黑色，一旦成为黑色，她倒不再为弄脏皮鞋而懊恼，索性专心一意跟小杜采买了。

小杜个矮，能从高个人们的胳膊弯下钻，高挑的李缅跟不上她。

"这肉怎么卖？"小杜问。

老板报了价。"太贵太贵。"小杜连头也不回地往前走。

肉很瘦，有着上好葡萄酒的艳红，温暖而湿润。

"这肉多好！在北京这种肉4块钱一斤，还要票。"李缅赶过来说。

"哼！瘦肉卖到这个价，那么肥肉哩？"小杜把自己的头发抓得像茅草一样乱。

"肥肉两块吧。"李缅没多少把握地说，因为她从不买肥肉。

"肯定记差了，肥肉要比瘦肉贵！"小杜听出李缅底气不足，一针见血地揭穿她。

"这个大趋势是一点儿不会错的。瘦肉要比肥肉贵，肥胖是第三世界病。"李缅斩钉截铁地说。

"你是说，总经理不喜吃肥肉？"小杜又开始拼命眨眼睛。

"对。"李缅毫不迟疑。虽说她并不谙总经理的饮食爱好，但对这一点坚信不移。

"好，听你的！"小杜折回去，同卖家飞快地讲着土语，讨了价,然后颐指气使地点点猪屁股。手起刀落,一块极好的臀尖斩了下来。

李缅这才发觉没带容器。已经深入市场腹地,这坨肉若一直用手拎着,重且不说,也太似个屠户了。这个小杜,办事太不周到,让她一个堂堂记者干这种打杂的事!

谁想小杜甩甩手,径直往前走。

"肉不要了?"李缅吃惊。

"谁说的?"小杜更吃惊。

"那怎么不拎上?"

"我给他一个条,让他给送到车上去,司机会给他钱。"

"他要是把肉又换了呢?"李缅觉得这还颇存古朴之风。

"他敢!谁还不知道矿上!再有,这已是最次的肉了,还能瘦到哪里去呢!"小杜叹了口气,这是一种豁出去了的叹息。

李缅说:"你不用叹气。也就是这里离北京太远了,要不我还想拎半扇猪上飞机呢!"

又往前走。

李缅突然看到一只美丽的山鸡。羽毛翠绿得像一堆油汪汪的苔藓,发出铜镜子般的冷光,眼珠是棕黑色的,沿着一条看不见的轨道缓缓转动,眼圈镶着一团暗黄色的绒毛。

"快走哇,大姐!"小杜牵她,有力得像一台推土机。

"野鸡!"李缅快活地大叫,好像小孩子在动物园里。

"这叫雉。"小杜纠正她。这里与世隔绝,有些口语居然很文言。

"这只雉多少钱?"李缅入境随俗。

卖雉的老汉眼光像羊一样茫然。他听不懂李缅的话。

"8元。"小杜说。

"你也没问他,你怎么知道呢?"

"雉就是这个价。他看你问了,就要涨价,然后我就要给你还价,最后还是落到这个价,白费口舌,我有数的。"小杜显得很老道。

"太便宜了!便宜得不可思议,快,把雉买下来!"

"买下来做什么?"小杜觉得女记者这样眉飞色舞才不可思议。

"把雉肉给总经理炖着吃,把雉的羽毛给我。"

"雉的肉不好吃,像棺材板一样老。有药味,我们这里都是有病的人才吃呢!你不能为了要雉的羽毛就让我买雉。这是公家的钱。"小杜正色道。

李缅发现自己人为地把事情给搞拧了。应该把话分开说,两句烩在一起,便串了味。

"好,我们不提雉毛的事了。但是,我敢向毛主席起誓,"这里家家户户都挂毛主席像,有着神灵一般的权威。李缅本来想说"上帝",恐小杜不信服。"把雉炖了汤,一定是一道美菜。山珍海味的山珍，指的就是这种东西。总经理一定会喜欢的。"李缅真有些急了，她不能眼看着自己那么好的一个主意被愚昧糟蹋掉。

小杜迟疑着然而终于还是同雉的所有者开始交涉。"寡些！再寡些！"小杜讨起价来寸土不让。求得主人终于委屈地点了点头，小杜又撕了一个条给他。

李缅感到了一个谋士的快乐，对小杜也亲切了许多。

她们看到一方带鱼，瘪薄，鳞是瓦灰色的。唯有镶着它们的冰，还是无可非议的干净。

在离海这么远的地方看到平日不屑一顾的烂带鱼，也平添几分亲切。纸牌上写着：每500克，7元。

"贵死了！"李缅一向认为带鱼是下等鱼，如今在这里招摇撞骗。

"不贵的！海离这里远得很。还有这冰，冻起来也不易。"小杜狠劲嗅着鼻子，好像鱼腥是一种美妙的花香。

山里人啊山里人。你真闹不清他们是怎样一种价值标准。

"买不得！"李缅严正告诫。一转身，她叫起来："多么好的玉兰片！"

"这是笋。最便宜不过的东西。"小杜不屑地撇撇嘴。

"快买快买。"李缅不由分说。

"这个咱矿上房前房后都掘得出，拿来待总经理，不是太怠慢了吗?"小杜大惑不解。

"听我的,小杜。要是你真能挖出上好的竹笋,明天一大早你就到房前屋后去挖。如果你没把握,现在就买。千万记住要有这个菜。"李缅命令似的说。

"是——吗?"小杜拖长了声音。这位北京来的记者大姐怎么尽出跟别人差样的主意呢?别是成心要她的好看吧?对她的话,可不能当天王老子的圣旨。一个城里妞,见什么都新鲜,都说乡下人见识浅,北京人也不怎么样!连个笋都大惊小怪!她能代表总经理吗?她又不是总经理的小媳妇!尽抢她爱吃的让我买,到时候满桌都是她爱吃的菜,总经理能乐吗?对了,千万要留个心眼!你小杜谁不夸是个巧媳妇,还是自己拿主意,总经理也是个常人,也不是个妖怪。五脏六腑,人跟人的下水都一样。照着尊贵人做饭的谱式再往上靠就是了,将平日里舍不得买舍不得吃的大碟子大碗地往上端,什么全有了!

现在,她反倒嫌带着李缅啰唆了。得想个法子把她支走!又一想,人家大老远地随了来,一头汗一头土的,这话可怎么说?犒劳犒劳吧,两便了。

"你最爱吃啥水果?"小杜装作随意问。

"香蕉橘子都行。比较起来,更喜欢香蕉。"

这回答倒合小杜的心。香蕉真是个好吃食,小杜只吃过一根皮全冻黑的,那滋味都美得不成。想必总经理是一定爱吃的。小杜快步走到一家贩水果的摊前,挑了一把像仙人掌一般粗大的香蕉,想想,又补了一小把。

香蕉很贵,比北京的还贵。李缅约略一算,这里纬度比北京低得多,距香蕉产地的垂直距离比北京近不少,不知价钱这样邪乎。也许北京的香蕉都有政府的补贴。

噌噌,小杜把两个最大的香蕉掰下来,说:"给,吃。"

见李缅迟疑着不接,她仔细地把香蕉蒂清理干净,好像那一大把上从未生长过这两只硕大的果实。"当官的能吃,咱们也吃!还要吃得比他们的大!"

李缅想,这是干吗?小偷一样,多失身份的事!

小杜说:"不要紧的,任谁也看不出来。领导交待了,总经理吃完了饭,要上水果。说城里人吃馆子,上香蕉时要一个个旋了把,切了蒂,两头都不要,只端端地吃中间一段段。咱们吃了大的,他们也不知道。要不抓这个机会,咱哪能吃上这么好的香蕉!"

见李缅躲闪,小杜以为她不好意思,两指一掐,把香蕉剥了皮,露出石膏一般细白的蕉肉,愣塞到李缅手里。这就像一根剥了纸的冰棍,你不吃也得吃了。

香蕉确实香,叫人隐忍不住,李缅就一小口一抿,很斯文地将它吃掉了。

"城里大姐,还得劳累你一下,把这些香蕉送回咱们车上去。

这家老板贩南果北果，有钱得很，咱们只买了这一点儿，支使不动他的。好姐姐，辛苦你了。回去我专给你烧笋吃，早起在竹林里，挖亮晶晶带水珠的……"小杜边说边把那一根肥鼠般的大香蕉藏在身上。

李缅挽着香蕉在人群里赶路。既不能蹭了别人，更不能蹭了自己，当然也不能蹭了香蕉，姿势就十分难拿，走得艰难。看到摊位上有一枚十分精致的香囊，奇异的香气像丝绒牵引她的鼻子。李缅真想把这些讨厌的香蕉丢到地上，任凭它们像瓷盘子似的溅得七零八落，腾出手去买香囊。可是，她不能。毕竟是受人之托。

终于看见矿区那辆像小恐龙一样肮脏的货车了，司机接了香蕉说："小杜也是任什么人都敢使。"

车上装了菜，显出一派生机，笋像硕大的玉米棒子，直挺挺地戳向司机楼子。瘦肉注着鲜红的血，好像一桩谋杀案。

李缅喘喘气，小杜不知还在何方游弋，她得赶快回去寻找那枚美丽的香囊。真怪，好像刚才是一个幻觉，要不就是片刻之差香囊被人购走，李缅竟总也找不到那个香囊了。

焦恼之中，突然看见了小杜。一个壮小伙子扛着蒲包，有银灰色的汁液像刷暖气管用的银粉似的滴下来。

小杜很尴尬，见李缅一时还不明白，索性挑明了说："咱们这儿娶媳妇，场面大的人家必得上海鱼，海鱼主贵，总经理不容易来咱们这一趟，打建矿以来这是第一次。我要真为矿里着想，就不该省着这钱。"

面对熏得人头痛欲裂的鱼腥气,你还能说什么?带鱼们用腐败而发红的眼珠,从蒲包的缝隙里,嘲讽地看着李缅。

这个愚蛮不化的自以为是的乡下女人啊!李缅鄙夷地想,真可惜自己设身处地为她出了那么多好主意,耗费了一个女记者多少宝贵的脑细胞!小杜完全不把她的忠告当回事,李缅感到被人轻视的痛苦。假如是一个智商比你高的人俯视你,这口气还能咽,或者说不能咽也得咽。假如被一个智商比你低的人轻视,简直等同侮辱!

李缅的脸上毫无表情,她记得哲人说过最高的蔑视是无言,不管小杜懂不懂,她目中无人地擦身而过,还要寻找那个白驹过隙似的香囊。

她路过那个卖雉的摊位。果然,那雉也依旧茫然地趴着,不知小杜用什么办法推掉了这桩交易。因为心情恶劣,李缅觉得雉也没有刚才瑰丽了。

终于找不到香囊,李缅怏怏地回到车上。车开了,小杜小心翼翼地问:"记者大姐,你怎么啦?病啦?"

看人家主动搭讪,李缅不好再绷着脸,淡淡地说:"因为没买到香囊。"

小杜一下子活跃起来:"咳!那有啥难,我给你做一个就是。还省你破费。"

"只怕你做不出那个韵味。"李缅懒懒地说。

"啥韵……啥味……"小杜又怯怯地。

"既古老又先锋,大土就是大洋。"李缅呛她。

小杜果然不再说话了,很疲倦地倚着车门。突然,她打起精神说:"差点忘了,给你。"说着从旁边抽出一样物件。

啊!山鸡羽毛!像一道彩虹降落,小小的驾驶室熠熠生辉。雉尾上最粗最硬最炫目的那根翎毛,箭一样地抖动着。粗大的羽管仿佛能储存整整一瓶墨水,变幻着从碧绿到紫红一系列色彩。离开了那只懦弱的山鸡本体,雉羽有了一种超凡入圣神秘而鬼魅的意味。

李缅所有的不快,都被这根羽毛轻轻拂去了。

"哎呀,你从哪里搞到的?"李缅快活地大叫,好像一只拔掉了塞子的汽水瓶。

"就从你看中的那只雉身上拔下来的。"小杜淡淡地说。

"那雉还不疼死了?"李缅唏嘘。

"你不是让我买了炖汤吗,不是更疼?"小杜颇不解。

"我是说……卖主怎么会乐意呢?"李缅很有兴趣搞清雉羽的来历,将来在温馨的沙龙里,是多么好的谈话佐料。

"是啊,他开始不干。后来,我说给钱,谁叫我那个城里来的姐喜欢这根毛呢……"小杜乖巧地看着李缅,李缅欷然一笑,姐妹们就算和好了。

"……他非要两块,说没有这根毛,就像房子没有顶,雉不值钱了。我说这根毛也就是扎个大健呗,哪能值这么多? 他说那他还不卖了,把雉抱回家养着。我一看事情要僵,整个集上今天就这么一份卖雉的……后来,我把给娃留的那个大……"小杜瞟了司机一眼,司机正专心致志地对付路上的坑洼,不理会两个女人的唠叨,"……就给了他了,这才换来……"

李缅心中一阵悸动。她侧着脸,正好对着车厢上的小窗,看见她拎回的那把大香蕉,正像巨人手指似的随着颠簸敲打着玻璃。"谢谢你了,"李缅小声说,"等下瞅空再揪下个大的,给你的娃吧!"

"不啦。"小杜舒适地伸直了双腿,"这回是沾了大姐你的光,我才也夯起胆子劈下两个……矿上好穷,给大伙省着点儿吧……"她头倚着李缅睡着了。

突然,李缅感到自己的臂上一阵温热。低头一看,有眼泪一般的略带混浊的清液,从小杜天蓝色的衫子前胸渗了出来……

明天,总经理就要来了,小杜这顿饭他会满意吗? 李缅目视着车窗外的绵绵矿山,又看看疲乏不堪却心里充满自信又带几分担忧的身边这位山野乡姑,心头似乎一下没了重心。

米字电话键

电话铃响了。

一个错误。午睡时兰奇应该把电话关闭,可惜忘了。

既然醒了,就接吧,睡梦时的铃声类似一桶冷水,使人警醒明白得如同雷雨后的天空。

"兰奇吗?"一个陌生女人的声音。

"是我。"兰奇懒洋洋地回答,希望对方听出她的不满。

"今天晚上8点整,有一个陌生男子将给你打电话。"对方不容置疑地说。声音中夹杂着一声尖锐的汽车喇叭。

一个陌生女人就够叫人吃惊,再加上一个男人!

"你是谁?"兰奇把黑色的电话线揪在手里,好像凭此能查个明白。

"连我的声音你都听不出了?兰奇!猜猜看!"

"猜不出来。也许是只恐龙。"兰奇没好气地说。对方是个熟人,可兰奇不想开玩笑。

大家都已不年轻。

"我是芦镜。"对方严肃起来。

芦镜是兰奇中学时的同学。后来,芦镜去了东北兵团,兰奇参军到了西北。她们的信从雄鸡的冠子飞到尾羽,搜集起来,可以出一本新两地书,只是恐怕没人看。再后来,又脚前脚后回了城。上学、结婚、生孩子、评定职称、分房子搬家……芦镜当了医生,兰奇当了编辑。当她们远隔千山万水的时候,频繁联系;当她们居住在一座城市里,反而难得见面。大家谁也不怪罪谁,因为这并不意味着生疏,而是一种深刻的相知。她们偶尔通个电话,在电话里没完没了地聊天。

"有这工夫你还不如买张汽车票到她家去。"兰奇的丈夫讥诮过。

为什么一定要面谈?面谈可以察言观色,欲说还休,审时度势,你敬我三分我还你一尺。可她们用不着。她们只需要倾心地娓娓而谈,仿佛自己同自己说话一样。

"别开玩笑,镜子。到底有什么事?"兰奇郑重地问。大家都是职业妇女,时间宝贵。

"就是这件事。今天晚上8点整,会有一个陌生男子……"

"啪"的一声,电话断了,芦镜像突然被人扼死,埋在荒野外的草丛中，满耳是蟋蟀鸣叫的忙音。

这是怎么回事？陌生男子？印象中的芦镜永远穿着雪白的工作服，脸上是温柔而又疲倦的笑容。典型的贤妻良母。

电话铃又响了。

"是我。刚才忘了给电话机喂钱，所以3分钟一到，就断了……"芦镜又从地下浮了出来。

"怎么在公用电话？多乱啊！人喊马叫的，听都听不清……"兰奇不由自主加大了音量。

"主要是在单位里不好说，在家里当然更不能说了。我发现街头的公用电话亭挺好的，像个透明的玻璃匣子，四周都能看得到外面，也不用怕有人偷听！"

看来，那陌生男子的事，是真的了？

"他是我的一个朋友……是我让他给你打电话的。"

"镜子，这算怎么回事？你和他是朋友就是呗，扯我进去做什么？我又不认识他！"兰奇觉得这事透着古怪。

"兰奇，我不知道该怎么办。我不知道他究竟是个什么样的人。我从来没碰到过这种事，我想找个人商量一下。"芦镜的口气近乎央告。

"那你该去找婚姻家庭咨询热线。"

电话中传来钢镚坠落的声音，好像一个女孩拿着储钱罐在向救灾委员会捐款。这是芦镜在给自动电话机喂钱。

"我不找。她们只会说那些最冠冕堂皇的话，我不会说。在我的病人当中，有因为这种事而导致心理崩溃的。我不想听那种可以登在妇女杂志上的话。我想听真话，想听听你对这个男人的评价。"

兰奇在这一瞬，充满了一种奇怪的感觉——一个好女人就要在世上消失了，她原以为自己该为之惋惜，不想竟有几分快活。

"可是我对他一点儿都不了解……"兰奇虽然对这事开始好奇，但面对朋友的重托，心中又感责任重大。

"就是要你一点儿都不了解地同他谈话，这样才有最客观的印象。好比盲人摸象，每一个人说的都是真的。这比那种说大象是陆地上最大的哺乳动物的话，要明白一千倍。你不要问他是从哪里来，也不要问他要到哪里去……记住，你对他一无所知……"

电话像刀劈一样截断了，不知是芦镜忘了喂钱还是存心要造成这种效果，总之，她消失在街头无数个电话亭后面了。

劣质的话筒使她的声音变得陌生，但兰奇听出一种活泼，一种童心。只有爱恋才具有这种返老还童的功效，比人参还美。

镜子爱上了那个男人，正确地讲，也许是那个男人先爱上了她，而她还在爱与不爱中选择。只有需要选择的人，才需要商量。镜子是个正派女人，只有正派女人，才在这种事上同人商量。

战士的责任重，妇女的冤仇深。

兰奇突然想起，今晚八点原是属于她自己的时间，但一切都来不及了，芦镜也许饶有兴趣地在大街上胡逛，把一个陌生的男子甩给了她，无法更改。

整个下午，兰奇心事重重，无法将上午写了一半的小说继续下去。她没有目的地开始打扫卫生，丈夫和儿子到海滨去，要一周后才回来。也许唯有这种简单劳动，才能既不妨碍思考又不会出差错。

当兰奇看完新闻联播，把茶泡好，舒舒服服在双人沙发上蜷起了双腿时，离八点还差一分钟。

钟很准，是誉满全球的那种，秒针嗒嗒向前，像骑着旋转木马的红衣女孩。兰奇仔细地打量了一下自己优雅的客厅，潜意识里把那陌生男子的声音也当成了宾客。突然她听到自己的心在咚咚跳，仿佛考场上等待考卷往后传的那种片刻。兰奇，你紧张什么呢？这世界上，此刻有一个男子，比你还要紧张！他一定也在频频看表，而且第一句话要由他说。整整八点。

电话铃响了。

兰奇的手指就要触到电话，忽然遭了炮烙似的缩在半空。她隐忍着，尽量显得从容。她不想让那个男子知道她在这里枕戈待旦。

电话铃响了五声之后，她抓起话筒。

"请问，是兰奇吗？"陌生男子的声音。

"是。"兰奇简捷地回答。

她迅疾地分析着他的声音,这是最初的直觉。很纯正的普通话,低沉而明亮,有一种瓷的韵味。总之,开头的印象不坏。

"按照国外的规矩,电话铃响了六声要是还没有人接,可以视为无人。"他很随便地然而正式地开始讲话了。

下午擦玻璃的时候,兰奇设想过一千种谈话开始的方式,但没有想到他能这样随机应变。

兰奇一时语塞:"我……刚才在厨房做饭。"

对方轻轻地笑了,显然识破了兰奇的谎话:"你写作的时候,不是只吃方便面吗?"

啊!镜子!你把这男子安置在未经分析的黑暗之中,却让他对兰奇洞若观火,这未免太不公平。想到芦镜,兰奇反倒镇静下来。这世界上还有一个最忐忑的女人,就是芦镜。

还是回来推敲这男人吧!他的年纪当在40~50岁之间,知识似乎很宽泛。但这推论于芦镜没有丝毫用处,她当然知道。

"实事求是地讲,我完全不想同你进行这次谈话,因为毫无必要。"对方收敛了笑声,好像那是一盘残棋。重新播出来的声色,严正到近乎冰冷。

兰奇感到愤怒。她一下午的计划全被打乱,还翻看了好几本心理咨询书刊,不是为了从中讨什么主意,而是为了让自己说的话同它们不一样,以对得起朋友。还有这清洁如水的房间!

"我与你深有同感。现在，我们是否同时放下电话？"兰奇矜持地说。心想这男子也够一意孤行的了，他就不怕兰奇在他心爱的女人面前，说他的坏话？

"嗯，别放！我讲的是我的心里话。同镜子的事，是我心中一片神圣的净土。我不知道她为什么不看重这件事，而要同外人讲。哪怕这外人是最要好的朋友。我这样讲，你不介意吧？我说的是真话。"

为了这份坦率，为了这真话，兰奇不能放下话筒了。而且她从那男子瓷一样醇厚的音色里，听到了沙哑的裂纹。而那种不安打动了她，她愿意认认真真地把这场谈话进行下去。

"女人同男人不同。芦镜不是因为不珍视这件事，而是因为太珍视这件事了，所以才同我讲。男人和女人属于两个世界，这两个世界的语言和规则，有一部分相同，有一部分恰恰相反。"兰奇的声音在空洞的房间里回响，她有一种同影子或是黑暗对话的感觉。

"我看过你写的爱情小说，我觉得它比现实生活要稀薄得多。芦镜要用你讨教主意，这真是一种女人的幼稚。我因为太爱她，才答应了她这个愚蠢的请求。现在，我愿意听你谈谈男人和女人。"

"但是我不愿意谈了！"兰奇从没有遭到这种蔑视，断然说道。

"这不成。我们必须谈下去。不然，镜子会生气的。"那男人慌了。

"你放心。我不会说你的坏话,我只是告诉她,我无法对你做出判断。我保持中立,像瑞士一样。"

男子沉吟了一会儿:"我相信你。但是,镜子会让我详细地复述同你的谈话内容。我无法编造,我不能欺骗你。"

芦镜像个幽暗的精灵,坐在这根长长的电话线上,荡着秋千。

"看来,为了芦镜,我们得把这场谈话违心地进行下去了?"兰奇叹了一口气。她还真没碰过这种尴尬的局面。

"是的。"陌生男子很肯定地说。

兰奇在黑暗中对自己笑了笑。这真是个难以捉摸的男人,难怪芦镜要自己帮助鉴定他。

好奇心像流萤似的在空中飞舞。

"谈谈你自己,好吗?你不必谈你的姓名、地址、年龄、党派……就是我们个人履历表最上面的那几项,你都可以不谈。你完全可以躲在黑暗之中。但是你谈你的籍贯、父母、教养……这些很重要。如果你连这些也认为不能谈,那我们纵是想对芦镜有个交待,也只怕谈不下去了。"兰奇端坐起来,仿佛那个陌生男子就在对面的单人沙发上坐着,她的思绪也随着姿势的正规而严谨起来。

"好吧。我们来进行这场困难的谈话。我是干部子弟。对于一个40多岁的男人来说,现在提起子弟这个词,似乎有点可笑。但这是你要我谈的。我想,你是想对我有一个比较全面的了解。栽什么树苗结什么果,撒什么种子开什么花。这是《红灯记》里唱的。我们都当过红卫兵,我们都笃信过血统论,我想你大概至今还信这个,我也信。我从小接受的都是极为正统的教育,包括男人女人方面。"

兰奇突然渴望有可视电话,这样她可以看到此刻这陌生男子的表情。猜他可能是双眉微蹙、若有所思的样子。

"你问到过学历。是研究生。结识芦镜是很偶然的事情。她那时同我一个同宿舍的学友谈恋爱。我不知女人同女人是不是什么都说,我的那位研究生同学很爱讲谈恋爱的事。每天晚上,关了灯,在黑暗中,他开始谈芦镜……女人们,是这样吗?"

"有这样的女人。但是,我不是。有许多事,我谁也不说。"

"那我们有某些相似的地方。"陌生男子停顿了片刻,然后是金属的轻微碰撞声。兰奇感到似乎有烟从话筒中弥散而出。

这不是错觉,是真正的带有特殊香气的雪茄气味,像飘带一样在空中缠绕着。

金属碰撞声是钥匙开锁。一点猩红的烟火,在黑暗中频繁地由黯淡变为鲜艳,像一朵有生命的花。

兰奇无声地指了一下对面的沙发。

"……我便在黑暗中熟悉了镜子,其时我还一次没见过她。有一天,终于见到了,一个平平常常的文静女孩,只是眼睛很美丽,像黑蝌蚪一样灵动。'走,看电影去!'她捻着两张电影票,很得意的样子,好像那是扑克中的两张大小王。我的同窗正在洗衣服。男人都是很怵洗衣服的,越怵就越攒着,攒着就越多。'为什么不先打个电话通知？'同窗问。

"'想让你突然高兴一下呀！'黑蝌蚪快活地游动着。

"'可我没有衣服穿了。都泡在水里了。'同窗说的是实情。他从乡下来,靠奖学金过日子。

"'穿我的吧。'我把自己最好的一套衣服拿了出来。

"同窗比我高瘦,衣服套在身上,又短又肥,像个晦气的渔佬。

"学生的宿舍里,是没有那种很大的穿衣镜的,同窗看不到自己的全貌,只觉得衣服质地很好,便很高兴。

"'我不去了。'芦镜说。

"真是个聪明善良的女人。我注意地看了她一眼。就在这一瞬,她也看了我一眼。很奇怪,其实我们都应该看屋里的另一个人。

"'什么电影？'同窗问。

"'《女人比男人更残酷》。'

"那个年代,看内部电影是一种身份。我的同窗很在乎这个。

"'快走！去看电影。'同窗不由分说要拉镜子出门。

"'不！我不看了。我来帮你洗衣服吧！'芦镜说着,挽起了袖子。我注意到那是一件很漂亮的真丝衬衣,挽得不紧,便半遮半就地耷拉下来,被盆子里污浊的水浸湿。我真替我的同窗脸红,他的袜子之臭,我是深有体会的。当然,也为他庆贺,能有这样一位贤惠的妻子。毫不隐瞒地说,我也妒忌他……"

屋内像涂满了墨斗鱼的浆汁,只有窗纱的镂空处,有远处楼群的灯火在闪烁,沙发上的人影像一尊雕像,无声无息地矗立在那里。

"你是否在听?"陌生男子仿佛察觉到了兰奇的分神,狐疑地问道。

"当然。在听。你是说你们的第一次相识。虽然芦镜是我的好朋友,但我感到这故事很乏味。我可以猜得到以后的结局,芦镜没有去看那天的电影,但你的同窗去了,你便同芦镜谈了起来……"兰奇为了掩饰自己的分心,这席话说得很快。

"基本正确,并不完全对。那一天,我同芦镜并没有谈话,她就走了。我的同窗对我说他之所以喜欢芦镜,就是因为她的贵族气质。没想到贵族小姐还没成亲,就成了贫民大嫂。他是想借机升到她那个阶层,不想让她下嫁……'贤妻良母我是再不要了。我休掉的那个乡下女人就是天天洗衣服,我不愿再要一个洗衣婆。'我的同窗说。后来他们就吹了。这时我面临一个极好的机会,我可以向芦镜提出来了……可是,我终于还是没有……"

"为什么呢?"兰奇恼火起来。她对生活中所有贻误时机的人都不能原谅。

"因为朋友妻,不可夺。他们分手,这当中没有我的任何责任,但如果我娶了镜子,这就有些说不清。我要维持自身形象的完整。现在我意识到了,这是我所犯过的为数不多的重大错误之中的一个。稍等一下好吗？我有些热，全身燥热，让我把窗子打开……"陌生男子因为回忆，声音有些恍惚。

"好的。"兰奇说，随着把电话搁在茶几上。

"为什么不开灯呢？"对面的阴影问。

"刚开始打电话的时候天还不黑，后来黑了，又不好意思放下电话去开灯。黑暗挺好，更容易敞开心扉。"兰奇知道对方还没有走回来，很随便地讲。

"谁的电话？"影子移到兰奇的沙发上，用手轻轻抚摸着兰奇的发缕。

兰奇刚想答话，听筒里传来钢铁清脆的撞击声，一下又一下，像有节奏地敲打瓷片。然后是类似在草地上行走的窸窣声，拾起话机的咔嗒声。"现在凉快了。让你久等，很抱歉。"

"没什么。你似乎有一间很大的客厅，铺有地毯，窗户很多，也许还有落地窗，对吗？"

顾长的身影按下了兰奇电话的扩音键。黑暗中，那个代表此项功能已经启动的小红灯，像一粒火种，闪烁得令人不安。那个低沉而明亮的陌生男子的声音，便像对着几百个人做报告似的，在兰奇的房子轰响。

"你猜测得不错，这都是国家按级别配发给我的。不过是身外之物。"

"我怎么不知道你的朋友里有这个人？"影子说这些话的时

候，按住了电话上印有"米"字的键，于是对方便听不到这面的声音。

"后来我开始寻找女朋友。找得很苦，人家都说我条件高，只有我自己才知道是怎么回事，我只想找一个像芦镜那样的女孩，只是她仿佛是一部孤本书。这很奇怪，她明明白白就搁在那里，我不能去追求，想寻找一个同她一样的，却不知遗失在哪里。后来，甚至到了这种地步，人家介绍女友同我相识后，我成心泡一脸盆衣服，然后看她如何表现。我现在的妻子，就是立刻伸出手，半挽着袖子，开始帮我洗衣服。水把她的衣袖都浸湿了。那一瞬，我感动了……"

"窃听别人电话是不道德的行为。"兰奇又按住"米"字键。那键在黑暗中，像黑人女孩子的牙齿，闪着清冷而结实的光。

"这不算窃听。你不是别人，我们是一个整体。但这没有什么好听的，一个老掉牙的爱情故事。几天不见，我不知你怎么做起爱情心理咨询电话这种行当了。"顾长身影把自己的手指也压在"米"字键上，力量大得令兰奇感到疼痛。

"还要通话很长时间吗？"他问。

"是的。"兰奇毫不犹豫地回答。

他放开了压在"米"字键上的手指，但旋即又用半个手掌压了下来："难道我不比这个陌生男人更为重要吗？"

兰奇看了他一眼，感到他比回荡在空中的声音更为陌生。

"友谊同样很重要。"兰奇冷冷地说。

影子关上了扩音键,那朵有生命的小火星熄灭了,陌生男子的声音从整个房间收缩到兰奇耳旁。

但是,接不上茬了。好像电影院里两位观众只顾聊天,当他们重新把精力回复到银幕上,那画面竟莫名其妙。

"假如我明天就要死去,你说我怎么办?"陌生男子恳切地询问。

他为什么明天要死?他得了什么病?除了找医生,你还有什么办法?不对不对,他谈的是爱,是对芦镜的爱……兰奇迅速地分析着,像优秀的纺织女工把绷断的线头——接上。

"首先你明天不会死。你还会做你的司局级。请别惊讶,我是从你的住房和电话这种待遇中做出这种判断的。芦镜依旧做她的医生,一位很好的主治医师。你们都有各自的家,按照通常的标准,也很和美。这一切都将按照各自的轨道运行下去。"

"是的,你说得对,我明天不会死。但生命对于人只有一次,我不能总是这样无止境地折磨自己。这些年来我就像坐在高科技的玻璃幕墙后面,注视着芦镜的一举一动,她结婚、生子……无论她调到哪个单位,我总能打听到她的行踪。她坐在玻璃幕的另一面,对这一切一无所知。我压抑着自己对那双黑蝌蚪眼睛的渴望和爱。有的时候很成功,我把这视为男子汉毅力的一种象征。但随着岁月的流逝,压迫越大反抗越甚,我的心在夜半三更之时，一次又一次向我呼叫：告诉她！告诉她！告诉她这世界上有一个男人在刻骨铭心地思念她……终于，我对她说了，而她，却打电话告诉了你！"

他的描述像一部情节跳跃的现代派小说，一切就这么简单吗？兰奇想，不单芦镜会疑惑，任何一个女人都要多问几个为什么，这些为什么像悬挂猪肉的铁钩，悬挂着正派女人的心。

"请原谅，你只凭着十几年前的印象，就爱得如醉如痴，总要再讲出一点为什么！"一种对朋友的责任感，逼得兰奇把话说得无遮无掩，"不然，总叫人不放心！"

"为什么为什么！女人为什么天天要问为什么！爱是没有为什么的，能谈出为什么的不是爱，只是一道方程式的解！十几年前当我还是一个毛头小伙子，像个半酸不苦的青杏时，我就爱上了她。十几年后当我已逾不惑当上了司长经历了无数风云变幻见识了无数女人之后，我还是爱她，难道这还不能说明一切吗？当女人傻呵呵地追问为什么的时候，她们恰恰忽视了最宝贵的东西！"

兰奇从听筒里听到呼呼的喘息声，仿佛那边正对着一架高速旋转的电扇。

"芦镜并不漂亮。"兰奇说。她知道这也是镜子需要她问的问题。对所有不漂亮的女人来说，这都是一个嗖嗖刮冷风的山洞，不把它堵上，她们永远不会安心。

"我想同你讲一句实实在在的话——当我们一分手，我立刻就记忆不起芦镜的模样。"

"啊!"兰奇失声叫出,天下竟有这样的男人!

"是的。我不记得她现在的模样了。记得的是十几年前最初的印象。文文静静,安安宁宁,像一粒包裹在透明水泡里的豌豆,晶莹剔透宛如淡绿色的珍珠。还有眼睛,那是一对黑蝌蚪……"

"但是镜子会老的。"兰奇提醒这梦幻中的男人。

"因为我的爱,她将在我的记忆中永远年轻。"

兰奇久久没有答话。

"喂——喂——"对方呼唤,"你是不是在笑我?"

"不!恰好相反,我在这一瞬被你感动。因了这永恒的爱,镜子会永远年轻,我为她高兴。我决定在镜子征询我对你的意见时,投你的赞成票。"

"这我很感谢。但我想,镜子最终要向你征询的,并不是对我的看法。她作为一个成熟的女人,已经对我做出了判断。否则,她不会把我引见给她最好的朋友。"那男人从回忆中苏醒,思维重新变得强而有力。

"那么,你们到底要做什么呢?"兰奇已模糊感到了问题的所指,但她想要一个明确的答复。

"我和镜子是好朋友但我们还没有走到那一步。我们都是过来人,我想你应该明白我指的是什么。"

"过来人"这个语汇,是一个带有暧昧色彩的字眼。

"我明白。"兰奇说。她同许多女人讨论过这个问题,但还从未同一个男人议论过。

"镜子不知道她该怎么办。我们谈论了很多次,我们见面的时光都耗费在这上面。我告诉她我愿意离婚,我不在乎我的地位、房子和舆论,我可以舍弃这一切。可是镜子不愿意离婚。我说我可以等……"

"等到什么时候呢?"兰奇逼问,有一种把人迫到极致的残酷。

"等到死……"

兰奇很长时间没有答话。

陌生的男子也不再说话。

很静很静。有烟灰飘洒在玻璃烟缸里的声音。

"完了?"影子问。

"没有。"兰奇说。

这一次,他们没有按"米"字键。话筒那边的男人仿佛突然惊醒,"你家里还有别人?"

"我丈夫。"兰奇平静地回答。

"镜子不愿意做情人。我不知道她怕什么。"

"她怕她自己。一个女人,很严谨很正派的女人,一旦迈出这一步,便有一种壮士一去不复还的悲哀。她会不停地扪心自问,觉得自己遗失了某种信条。她会在片刻的欢愉之后陷入深沉的迷惘,她会觉得愧对自己的丈夫、孩子甚至一切她所认识的人。她会在某一个暗夜突然惊醒，望着凄清的冷月潸然泪下。她会一千次一万次地问自己，这是否值得。她会从此觉得自己充满虚伪和欺骗……陌生的男子，请听我的劝诫，不要怂恿镜子走到这一步！我想，你们之中只隔着这最后一道堑沟，它清清浅浅，只要一跃，就永远回不来了。停住你的脚步！当然，这对男人来说，也许很难，甚至无异于与虎谋皮，但你要真爱镜子，请珍惜她！你们要做这件事，请先把自己各自的事做完。拆掉一座城，再建一座城，不要颠倒了这个顺序。陌生的男子，我知道你对炸毁城池在所不惜，尽管这城堡中居住着你的妻子儿女，但是，镜子还远远没有下这个决心，为了爱，你必须等……"

这一番话，说得兰奇很累。仿佛无穷无尽的丝从她的心房中抽出，蛹儿般的心便渐渐裸露出来，在暗夜中抖动。

红色的烟头垂直地坠落下去，仿佛被子弹突然击中。

"谢谢你！"很久很久之后，从电话的那一头，才传出陌生男人的声音。

"也许会在哪一个夜晚，我还会突然拨响电话。你和你的丈夫，不会介意吧？"

"我和我的丈夫都不会介意的。欢迎你再打电话来。"

电话线像一根黑色的柔软的蛇，盘曲在茶几上。一晚上无数次的电流从它身上通过，它也很疲倦了。

兰奇把电话放下了，手还长久地扶在话筒之上。

"我没有想到……没有想到你对我们俩的事,有那么多的痛苦。"顾长的身影俯下身去,把嘴唇轻轻地压在兰奇的眼睛上。兰奇的眼睫毛感到了温暖的湿润,不知是来自他还是自己。

"这很古怪。我有时候很坚强,有时候很脆弱。道德和情感,像两扇坚硬的贝壳,残酷地打磨着我的心。我不愿意让我的好朋友,也沉浸在这种痛苦的选择之中。"

兰奇对着苍茫的夜色说。

"你的好朋友犯了一个致命的错误。"顾长的身影做了一个有力的手势,"这种感情上的事,不应该问别人,只应该问自己!"

硕士今天答辩

事情就坏在那套水蓝色的真丝裙上。

中文系女研究生林逸蓝是这座全市最大的图书馆的常客。图书馆是不许带包进阅览室的。她先把笔记本等从包里拿出来,把旧书包推向存包处柜台里的服务员,接了号码牌要走。

"喂!瞅瞅东西拿全了没有?甭转眼工夫又回来折腾!今儿就我一个人,没耐心专门为你一个人服务!"女服务员无缘无故恶狠狠地说。

"都拿全了。绝不会再来麻烦你。"林逸蓝说着矜持地离开了存包处。她不认识这女人,不知道她为什么对毫不相干的人这么大的火气。躲远点儿吧,林逸蓝今天要为自己刚选定的硕士论文题目搜集资料,不愿为了这点小事破坏情绪。

"要是一会儿就回来折腾,收一块钱!"女服务员憋着劲要跟人吵架，见没拱起林逸蓝的火，不依不饶地追加了一句。

"放心好了，我到吃午饭的时候才会再来麻烦你。我得拿了钱到咖啡厅买吃的。"林逸蓝笑嘻嘻地说，同宿舍的晚平说过，她这副模样时最气人。

"什么？你的包里有钱？我们这里不存现金！拿走！拿走！"服务员像逮到了贼赃，高兴得大喊大叫。

其实很多人的存包里都有钱，彼此心照不宣就是了。逸蓝一时疏忽，把秘密抖了出来，服务员就得了理。

逸蓝不愿意在读书的时候手里还拎着个钱包。你到书架上去找书，钱包是带还是不带？

扔在桌上不踏实，挟在手里不方便。索性把钱藏在书包里，从来没有丢过。可惜这回露了馅。

"我包里没有钱。"林逸蓝只有撒谎。

"哼！没有钱？告诉你，丢了概不负责！"女服务员总算没强硬到搜包的地步，气哼哼地把林逸蓝的书包塞到角落里。

"好了，好了。不要你负责。"逸蓝急匆匆地走出存包处。时间那么宝贵，她可不能老在这里磨蹭。

顺着旋转扶梯走到二楼，拐弯处有一座玻璃匣子般的公用电话亭。林逸蓝突然打了一个激灵。

糟了！晚平的男朋友来过电话，说好不容易搞到票，今晚七点在音乐厅大门口约会。

"我马上要到乡下去采访，没机会再给晚平打电话了。你可千万别忘了！我会像望夫石一样等着她！"那个记者再三叮嘱。

"我一定转告她。"逸蓝很庄重地说。她还没有男朋友，对女友的社会关系就格外有分寸。

晚平当时到小卖部去了，逸蓝想一会儿就告诉她。就在此时，来人喊逸蓝，说她的论文指导老师陶教授叫她。

先生有请，逸蓝不敢怠慢。

"你这个选题——关于中国当代女作家的共性与个性，据我所知，是有相当难度的一个题目。它将从宏观上对女作家这一独特而神秘的群体，做一个细致的解剖。它将探讨女作家创作中的普遍规律和特殊规律，揭示女作家写作的内在驱动力……只是你将查阅极为浩繁的资料，工作量是非常之大的。你必须从现在就着手准备……"陶教授对得意弟子侃侃而谈。

林逸蓝从教授平和的语气里听出紧迫感，从教授家出来就直接到图书馆来了。晚平早上嘟囔过一句她的行程，好像今天也将外出，得马上通知她音乐厅的事。

逸蓝拧开电话亭的玻璃门。"投币电话"几个字把她的手固定在半推半关的尴尬角度。

她的真丝裙连一个兜也没有。也就是说此刻她身上连一分钱也没有。

今年流行真丝裙。对一个穷而美又心高气傲的女学生来说，夏天穿什么衣服真是让人焦虑的事情。你必须在早春就像灵敏的猎狗一样，嗅出今夏的流行面料。街上流行红裙子，那是很古老的说法了。现在不是流行某种颜色而是流行某种质地。逸蓝是在春寒料峭的时节买的这件墨水蓝的裙子，价钱要比赤日炎炎时便宜一半。这件裙子给逸蓝带来的好处是显而易见的。在公开的场合，它使主人又高雅又娴静。在校园老先生的眼里，会觉得这个女学生朴素而谦虚。要知道他们老眼昏花的，已经分不清质地的好坏，只能懵懵懂懂看出一团颜色了。

真丝裙今天可给逸蓝带来个大麻烦。打电话只要五分硬币，可逸蓝不知道到哪里去找。

她无助地翻着笔记本，想从里面突然掉出一个钢镚。这当然是痴心妄想，她从来就没有在本子里藏钱的习惯，现在怎么会掉出钱来！

退回服务间去拿包吗？逸蓝是个自尊心极强的女孩。她没法在那么决绝地高傲之后，再去央告恶狠狠的女服务员。

怎么办呢？

只剩下跟别人讨五分钱这条路了，在这个一根冰棍都要几角钱的时代，讨五分钱当然算不了什么了。逸蓝虽然从来没干过这营生，但她宁愿对不认识的人低一下头，也不愿意向那个女人服软。

于是女研究生林逸蓝耐心地等在旋转楼梯口。

时间还早。加上这几年知识恶性贬值,到图书馆的人比以前少多了。五分钟过去了,居然没有一个人上楼,逸蓝当然也没有说一句话,她却疲倦起来,委屈起来。她从没跟人要过东西,虽然她的父母只是城市大杂院里的普通人。

第六分钟,来了一位老先生,步履蹒跚地往上爬。逸蓝赶紧跑过去搀扶他,他气喘吁吁地说:"谢谢谢谢。"逸蓝反倒没法张嘴要五分钱了。

接着上来两位纯情的女孩,她们的裙裾飘飘。林逸蓝很谦和地说:"小姐,能否帮我一个忙?借给我五分钱?我想打个电话,告诉我的朋友……啊,不,不是借,是给……因为我没法还你们……其实也不是绝对的,假如你们能等到中午……"

简直是语无伦次。林逸蓝好不容易说完这些话,活像一个真正的乞儿,眼巴巴地等着人家发落。

两个女孩先是愣怔了一下,在她们短短的生涯里还没碰到这么斯文的乞丐。然后两个人异口同声地说:"因为我们的裙子,我们身上也没有一分钱!"

焦虑中的林逸蓝怎么就没注意到这一点?

可恶的裙子!

林逸蓝决定调整战术,她向一位胸前有兜的男士走了过去。清晰地说:"我需要五分钱打个电话,您是否可以帮助我?"比之第一次,简洁明快了许多。

那位男士很豪爽地把钱夹拿出，打开，热情地说："小姐，我很乐于帮你的忙。只是非常不巧，我这里只有一张百元钞票。"

林逸蓝今天怎么这么倒霉！

她悲壮地决定立即下去接受那个恶女人的侮辱，好马上把晚平的电话打了。再耽误下去，要是联系不上，岂不误了大事！

这时，逸蓝突然觉得身边一暗，一个高大的男人站在她一侧向她伸出一只棱角分明的手，手上托着一枚亮晶晶的分币。

林逸蓝此时看见这五分钱，真有看见银子的感觉。

"给你。"他明确地说，白闪闪的牙齿像一排贝壳。

"噢！可是你是怎么知道的？"林逸蓝惊异地打量着他：三十上下的年纪，很普通的衣着。只有脚下的白网眼皮鞋，质量好像还不错。像所有出没图书馆的人一样，腋下夹着书。

"真是个读书人。你为什么不先拿了钱去做你的事，反倒这么刨根问底？不要以为你所遇到的困境是唯一的。在这座电话亭前，你绝不是第一个窘迫的人。"他很随意地甩了一下头发，接着说，"在这个地方，某个漂亮的女孩向别人伸出手去，只能是这个原因。"

他在一大堆枯燥的词汇之中巧妙地恭维了林逸蓝。

"谢谢。"林逸蓝淡淡一笑，恭维他的男孩子多了。她小心地伸出手指去拈那枚硬币。

因为长期的洁身自好，她不愿意同不相识的男人肌肤相亲。

高大的男子看出了这一点,就把那枚硬币放到了楼梯的扶手上,好像他们在火炬接力。

"谢谢啦!"林逸蓝被人窥破了用意,拿了人家的钱还要嫌人家脏,很不好意思,只有连连说谢。

"现在的五分钱只相当于过去的一分钱,我在马路边捡到一分钱……"他幽默地哼了一句遥远的歌词,"区区小事,不必言谢。你为了筹资,已经耗费了相当的时间,还是赶快给你的男朋友打电话去吧。"

"不是男朋友,是女朋友。"林逸蓝也不知道自己为什么要对一个素不相识的人强调说明这一点。

那个高大的男人转身走了,不知他听到没有。

"哎,我怎么还你的钱呢?"逸蓝突然冒出一句,她只是想和那人再说点儿什么。

"不必还。虽说傻不过教授,穷不过博士,这点儿钱还是有的。"他背对着林逸蓝说。

逸蓝填进硬币,拨通研究生院的总机。接线小姐有气无力地说,你好。她赶忙报出分机号码。宿舍楼道里响了半天铃,才传来看门老大爷涩哑的声音:"要哪儿?大点儿声说。"

逸蓝急急报出晚平。"好嘞!别急啊姑娘,我这就给你找去。等着。我这腿脚可不大好……"老人家念念叨叨地走了。

逸蓝这个急啊。终于,听筒里响起晚平含糊不清的声音:"谁呀?"她嘴里一定含着一枚大大的杏话梅。

突然听筒里响起怪异的干扰声。

"我是逸蓝,今天晚上七点你到——"话筒像被人掐断了脖子的黑鹅,再也传不出任何声音。投币电话为您服务一次的时限到了。它提醒过了你,你没有继续给它喂钱,对不起,它就罢工了。

逸蓝气愤地发着呆。也许她不说"我是逸蓝"这几个字就好了。节省下来的时间刚好够说"音乐厅门"。可是逸蓝若不报出名姓,晚平会听从一个莫名其妙的半截子电话去赴约吗?

一切又要从头开始了。这一次逸蓝不再犹豫,只有一条路,甭管遭多少白眼,到服务间把钱取出来。

逸蓝朝楼下跑去。那个高大的男子自然是早就无影无踪了。在顺着楼梯拐弯的那一瞬,逸蓝的眼睛像被闪电照亮了。

在楼梯栏杆扶手上——在上一次搁着五分钱硬币的地方,安安稳稳地放着一枚新的硬币,在大厅华丽顶光的照耀下,反射着柔和的银色。

四周空无一人。

那个男人多么细致!多么善解人意!他想到了逸蓝可能会第二次需要钱,在默默地走远后又悄悄地返回一次,留下了这枚硬币。他的好意很可能完全不被人注意到。要是逸蓝第一次就把要说的话讲完了,她绝不会留意到这份关照。茫茫人海,他们也许永世不会相逢。这种亲切的善意,令逸蓝深深感动。

晚平听完音乐会回来，已经很晚了，她蹑手蹑脚地进了宿舍，见逸蓝床头的灯还亮着，想她一定是读书困了，在灯光下就睡着了。小心翼翼地要给她关灯，没想到逸蓝的大眼睛像波斯猫似的瞄着她。

"死逸蓝！为什么不吭声？吓我这一跳！"晚平气得大叫。

"你像幽灵似的突然出现，还吓了我一大跳呢。"逸蓝真是一副从沉思中惊醒的样子。

"想什么呢？这么呕心沥血？"

"想我的学位论文。"

"我不信，想学位论文的人，一副害了牙疼病的嘴脸。你这模样，不像。"

"看不出你还会相面。那你说，我在想什么？"

"小生才疏学浅，还没修炼到您肚里的蛔虫那个阶段。根据您半夜三更目光炯炯的形象，八成是谈恋爱了。"晚平很权威地说。

逸蓝笑着说："你该去学心理学，而不是中文。我看是因为你自己在谈恋爱，就以为普天下的人都在热恋。这叫是什么人就见什么人。"逸蓝知道对付晚平伶牙俐齿的最好方法，就是把战火烧到敌人后方。

"我们已经是老夫老妻的了。说正经的，是什么事惹得我们的高才生夜不能寐？"晚平比逸蓝年纪小，但因为结交男朋友的历史长，就摆出革命前辈的资格。

"晚平，你知道今天我是怎么给你打的电话吗？是这样的……"逸蓝终于忍不住了，把一个晚上的思绪讲给女友听。

"都怪你！我才跟人家说了那么多的好话！"逸蓝最后说。"也许你应该谢我。要不然哪来的这一段电话亭奇遇？你当时要不把那第二枚硬币花掉就好了。你本可以到存包处另取钱的。实在是有欠考虑。"晚平一本正经地说。

"那又不是一枚纪念金币。"逸蓝不解。

"那上面有他完整的指纹。假如送到公安局去查查，任他在天涯海角，咱们也能把他找到。"

"晚平，人家是为你的事操劳，你却瞎开心。"逸蓝皱着眉说。

"呀！逸蓝，我本是和你开玩笑，不想你却这么当真，这倒是我想得不周到了。将功折罪，我给你分析一下情况。"晚平学着侦探影片中的口气说，"依我们现在掌握的情报，这个人很可能是个博士生。因为我们通常是说：穷不过教授，傻不过博士。他把这话给颠倒过来了，而当时的语境恰是强调他不需要你还钱。重心在后半句。还有，他说在电话亭前见过类似的事，说明他是图书馆的常客。牙很白，说明他不抽烟，阁下以为若何？"

"晚平，我修改刚才的话。你是一个女福尔摩斯。只是我们别说这件事了，他不过是一颗偶然穿过大气层的流星。"

"那小伙子今晚得打喷嚏，咱们这么念叨他。"晚平伸了一个懒腰。

林逸蓝的硕士论文艰难地向前推进着。她经常去图书馆,路过透明的电话亭时,有意无意总要看上几眼,还有那曾经安放过两枚五分钱的楼梯扶手。扶手每天被清洁工擦得很洁净,模糊地照出她的蓝裙子。她当然不止这一件裙子,但只要到图书馆去,她就换上蓝裙子。她觉得那个高大的男子并没有注意她的脸,他也许记不住别的,但应该记住这件蓝裙子。

不得不脱下丝裙了。因为天已变得很凉。那个男子和他雪白的牙齿终于开始模糊。逸蓝全部身心投入到论文当中,在浩如烟海的文献中挣扎。陶教授说得不错,这是一件巨大的工程。林逸蓝被女作家的作品和生平包围得喘不过气来,真没工夫想别的了。

"如果你想折磨一个女人,最好的办法就是让她写论文!十瓶抗皱美容蜜也抵不过这场浩劫。"晚平兔死狐悲。

逸蓝只有星期六才回家。那是一条悠长的胡同。胡同口有一个补鞋的摊子。补鞋的师傅正忙,逸蓝袅袅婷婷地走过去。

"逸蓝,你停停。"修鞋的师傅叫住她。

"大哥,我本想跟你打招呼,看你正干活,怕砸了你的手。"逸蓝说。这位师傅是胡同里的老住户了,大伙都叫他"抹脖子大哥"。

"把你的鞋脱下来,大哥给你修修。"抹脖子大哥不由分说把一个小板凳推过来,示意逸蓝坐下。

"我这鞋是新买的,哪都挺合脚,不麻烦您了。"逸蓝说。

"你看地上这鞋印。"抹脖子大哥说。

逸蓝刚从一摊水洼中走过,地上便留下了几个湿印。

"怎么了?大哥。我看不出有什么特别啊?"逸蓝不解。

"你的鞋后跟有颗钉松了。我给你钉上。不然哪天突然掉了,伤了你的脚。一辈子躺在床上,可就真不用大哥给你钉鞋了。"抹脖子大哥亲切地说。

逸蓝半信半疑地脱鞋一看,还真是那样。就安安静静地坐等。活儿本来挺简单,但抹脖子大哥干得很细致,就费工夫。

抹脖子大哥的脖子上有一道狰狞的疤痕。许多做过甲状腺手术的人都有类似的伤疤,但,抹脖子大哥不是这个原因。他的父母原是本分的小手艺人,文化大革命被红卫兵抄了家。老人家受不了屈辱,就双双吊死了。因为学习优异在外面被骂为黑苗子的大哥,回到家,迎接他的是爸爸妈妈悬在空中的冰冷的脚。

才是中学生的他也顾不上害怕,只想快点追上父母一道走,他原本也是要上吊的.只是家中比较结实的绳子都叫两位老人用完了。家徒四壁,连能搓根禁得住他体重的绳子的东西都没有了。

他看见了菜刀。菜刀不快,他耐心地在磨刀石上磨了磨。自以为满意了,又打算在什么物件上试一试。毕竟这是只许成功不许失败的事。他在地上捡了一块烂白菜帮子,刀刃一挥,菜帮子很利索地分离了,少年冷静地想了想,他认为自己的皮肉一定比菜帮子硬，还得再实践一下。他仔细地寻找了一圈，看到墙角有一块蜂窝煤，他朝蜂窝煤剁去，煤齐刷刷地裂开了。少年很满意，他觉得自己的皮肤再结实，也没有蜂窝煤牢固。

他准备开始操作了。刀刃上沾满了煤灰，很肮脏。他是个爱干净的年轻人，很想把菜刀洗清洁了再动手。这时风从虚掩的门吹进来，爸爸妈妈的衣袖轻轻抖动，好像在招呼他快去。他是个孝顺孩子，知道这个时候还慢腾腾地去洗刀是对父母的不敬。

他操起刀，很准确很用力地朝自己的嗓子砍了下去。在他知道的故事里，一描写到最重要的地形，就比喻为"咽喉要地"。他理所应当认为这是最致命的一招。

他还是单纯了点儿。一个人要想死，瞄准喉咙是没有错的。但要从侧面下刀，把最大的动脉血管砍断。那样两分钟后就是华佗再世，也毫无办法。

这个孤儿用沾满煤粉的菜刀把自己的脖子抹了一个大口子之后，出了很多血，使他昏迷不醒，却并不要他的命。本应从鼻孔呼进呼出的气息，如今从伤口吞吐，围绕着那把凶器冒出一串串血红的气泡。

一个小女孩轻轻地走进来。她不过三两岁的样子。对于死人，对于满地的鲜血，她都不知道害怕，看看平日常逗她玩的大哥哥睡着不理她，她就把刀从他的手里拿过来。（她以为大哥哥一定会不给她，没想到一点儿劲都没费）大哥哥还是睡不醒，小女孩就失望地走了。

这个小女孩就是林逸蓝。

"哎呀！我的小祖宗！你这是在哪搞得满世界的血？"第一个看到小女孩的人大喊大叫。

巷子里的人都互相认识，赶紧把脖子上有巨大刀口的孤儿送到医院。

医生一边给他缝刀口一边说："用这么凶狠的办法自杀，我行医半辈子，还是第一次看到。小伙子，我紧针密线地把你缝起来不容易，比缝一件大衣还忙活。我希望你珍惜我的劳动。"

因为他失血过多，给他输了不少的血。也许是医生的话打动了他，也许是那些别人的血改变了他的意志。从此以后，他再没有死。

送他出院的时候，医生说："小伙子，你在砍你自己的时候，把那把刀洗一洗就好了。手术时，我用尽法子也洗不净你伤口的煤渣。这道伤疤会像纹身一样，永远跟随着你。真要请你原谅了。"

医生最后又对他说："谢谢你的那位小邻居。要是再晚发现一会儿，你就称心如意了。"

孤儿从此戴上了半截"蓝项圈"。在陕北插了十几年的队，孑然一身回来后，住一间小平房，摆个小鞋摊。老街坊邻居给他介绍过几个对象。每个介绍人都隐去了他的那段遭遇，每个女人都在第一次见面的时候问："哎，你那脖子是怎么搞的？"

介绍人总叮嘱他戴条围脖,他说:"瞒得了一时,还瞒得了一世?"便特意裸露着脖子。

"是我自己把自己给杀了。"他瞪着女方忧郁地说。

得!就这一句,把女人们吓得逃之夭夭。一个连自己都敢杀的人,还有什么事不敢干?还是躲得远点儿好!

人们就送了他一个外号,叫"抹脖子大哥"。

抹脖子大哥每天很忙,可收入并不多。周围都是熟人,大妈大娘们拎来姑娘媳妇儿子孙子一大堆鞋,往抹脖子大哥脚下一扔,就放心地买菜遛弯去了。

"哟,咱们胡同里的女进士逸蓝回来了。"一位小脚老太抱着一捧菜走来,对抹脖子大哥说,"补好了?"

抹脖子大哥点点头。

"多少钱哪?"她瘪着嘴问。天底下的老太们都是讨价还价的高手。她先让你喊个价,无论多低,都会毫不留情地砍下一半。

"您老人家看着给吧。"抹脖子大哥不愿和一个见过自己穿开裆裤形象的老太斤斤计较。

"刚买了白菜,又添了把小葱,临了又给小孙子带了几块泡泡糖。就剩一块钱了,给你吧。我可把鞋拿走了。"老人说着,把菜放在一边,往篮子里装鞋,一双双检查着质量。

"保修吗?"老太太对活儿挺满意,最后再往实处砸砸。

"保修。您老就放心吧!"抹脖子大哥大声说,他知道老人耳背。"大哥,您也太老实了。那么一大堆鞋,光料也不止一块钱!这不是剥削吗?"逸蓝打抱不平。

"别说得那么难听。我小的时候,有一回手上生了冻疮。这老太太看见了,就把我拉到她家,给我手上抹了厚厚一层猪油,后来我的冻疮就好了。她也不是故意少给我钱,她是花光了……"抹脖子大哥淡淡地说。

"她就不能少给她的孙子买两块泡泡糖?"逸蓝不服地说。

抹脖子大哥忧郁地不说话。都是街坊四邻的,你叫他说什么好?

他把修好的鞋递给逸蓝。逸蓝要给钱,抹脖子大哥就要发火。

"大哥,要不您换个地方摆摊。"逸蓝设身处地为抹脖子大哥着想。

"换到哪儿去呢?这周围都摆满了。"抹脖子大哥叹了一口气。

"我知道一个地方,那里保证没有鞋摊。而且也没有这样讨价还价剥削人的老太太。凭您的手艺,一定会比现在多些收入。"逸蓝很肯定地说。

"哪个地方?"抹脖子大哥也来了兴趣。他倒不是特别地想赚钱,只是感激巷子里最美丽最有学问的女孩,这么认真地为他出主意。

"图书馆门前啊!人们读书的时候,你把他们的鞋也修好了。你可以备两双鞋,人们把旧鞋放下,穿着你的鞋进图书馆,出来的时候，就可以穿自己的鞋回家了。而且我敢打保票，大学生付钱痛快。"逸蓝很为自己的设计得意。

"好，我去试试。"抹脖子大哥也被说动了心。

从此，逸蓝再到图书馆的时候，就会在门前看到抹脖子大哥的小鞋摊。生意真如逸蓝所说的那样红火。学子们以一种社会调查般的热情，同这位脖子上有一道黑色伤疤的手艺人交谈。抹脖子大哥也乐意和有学问的人交往，觉得自己也长了许多的知识。他原本就是一个爱学习的人，要不是文化大革命，他想自己也会是经常出入图书馆的。

逸蓝经过大树下的小鞋摊时，都要同抹脖子大哥打招呼。有时看见抹脖子大哥嘴里叼着鞋钉，一把小锤子上下翻飞，不忍打扰，想悄悄溜过去。抹脖子大哥能从喧嚣的汽车声、嘈杂的人语声和工具的碰撞声中，极敏锐地捕捉到逸蓝飘袅的脚步声。在逸蓝经过他面前时，准确地抬起头来，冲逸蓝憨厚地笑笑，脖子上的伤痕像蓝蚯蚓似的跳动起来。

逸蓝那一日像往日一样走过，抹脖子大哥像往日一样冲她笑笑。一切都再平常不过了，但就在逸蓝离去时随意一瞥，她看到鞋摊上有几双修好的鞋，其中有一双白色网眼男皮鞋。

这一定是"他"的鞋！

这种鞋在城市绝不是唯一的。但林逸蓝用一颗少女的心感觉到：这就是他——那个高大的有着雪白牙齿男子汉的鞋！只有他那么高的个子才能穿这个尺码的鞋。这双鞋在她的记忆中走来走去,她已经非常熟悉它们了!

"大哥,生意还好吧?"逸蓝返身坐在了小板凳上。

"嗯。好多了!你真是给我出了一个好主意。"抹脖子大哥有些不安地问,"逸蓝,你的鞋子坏了吗?我怎么没听出来?"

"鞋没有坏,我只是……只是想在您这里坐一下……大哥难道不欢迎吗?"逸蓝脸红了。她明知最后的反问是冤枉大哥,为了掩饰自己的动机,只好如此。

抹脖子大哥非常高兴:"你坐!你坐!大哥看你总是那样忙,不敢耽误你!"

有人走过来说:"我要钉个跟。"

抹脖子大哥连连摇手:"改天吧改天吧。今天我休息了。"

那人悻悻地走了。

树枝上挂着新生的小树叶,好像无数风铃,簌簌地响着。又一个青色的春天来了。

只剩下他们两个人,反倒没有什么话说。林逸蓝装作无意地问道:"放在您这儿的鞋,什么时候来拿呢?"

抹脖子大哥随口答道:"他们从图书馆出来的时候,就把鞋取走了。"

又是一阵沉默。

逸蓝不便指着白网皮鞋追问,就只剩下安安心心等一条路。

她索性不急了，同抹脖子大哥聊天。

"大哥，您这一天能挣多少钱呢？"

"我一个人够吃够喝。自打到了这儿，有了些积蓄，再养活个人也有富裕了。"

"大哥，那您为什么还总是一个人呢？"

"没有人看得上我。女人们被我这条伤疤吓住了，有人从农村给我介绍，我知道她们是看上了我的城市户口，她们不怕我这条伤疤，我又有点儿怕这样的女人……"

"大哥，那些怕您的女人没有道理。难道说一个人打仗时杀过人，就说明他一定心狠吗？您也得相信不是所有的女人都是冲着钱和户口这些身外之物……"逸蓝真挚地说。

"我喜欢读书人……乡下女人又怕合不来……"

又有人来钉鞋，抹脖子大哥又把人给打发走了。他们就这么静静地坐着，在初春毛茸茸的阳光里。抹脖子大哥很感动，希望时间就这样凝固。

就这样整整坐了一个下午，傍晚的时候，开始有人来取鞋。逸蓝紧张地望着，心咯噔跳，不知将怎样同他讲第一句话。在一个秋季一个冬季的漫长发酵中，他好像已经变成了虚幻的影像。

鞋被一双双地取走，只剩下那双白网皮鞋，像一对白兔，蹲在城市苍茫的暮色之中。

"这双鞋为什么没有人来取呢?"逸蓝按捺不住,终于问。

"这双鞋的主人,那天把鞋放下就走了,说是第二天来拿。结果第二天没来,第三天也没有来。真是个书呆子,大概把鞋的事给忘了。他忘了我可不能忘,又不知他哪天来,我只好天天带着这双鞋。不知道的人还以为我是卖鞋呢!"

原来是这样!"那么他哪天会来?"逸蓝迫不及待地问。

抹脖子大哥奇怪地看了逸蓝一眼,说:"不知道。这双鞋还挺新,他不会不要了的。哪天突然想起来了,自然就来取了。"

"他是一个什么样的人呢?"逸蓝刨根问底。

"让我想想……高高大大的。你看这鞋的尺寸就知道。"

"牙齿呢?是不是很白?"逸蓝穷追不舍。

抹脖子大哥诧异地挠挠头:"牙齿?我还真没注意。你知道我又不是补牙的,我是修鞋的。我只注意脚。"看到逸蓝渴望的目光,抹脖子大哥含糊地说:"好像是……牙很白……吧。"

失望混合着希望,那就是他!就是他!不管怎么说,在茫茫人海中,逸蓝捕捉到了他的确切信息。逸蓝急切地说:"大哥!帮帮我!我想见到他!您有什么好办法?"

抹脖子大哥心里一阵酸楚:原来一下午她是为了这个才守在这里!"最好的办法就是你天天坐在这里等,迟迟早早他总会来的。"他淡淡地说。

"大哥,那是不可能的。我还要上课啊!"逸蓝竟全没听出抹脖子大哥的反意，很认真地分辩。

抹脖子大哥愧恧了：你算什么人？这么美丽善良的姑娘，该找一个天下最好的小伙子。你可生的哪门子气！你太不自量力了，你！

"那他来取鞋的时候，我把他的姓名地址问下来，就说你在找他。这样你们就可以见到了。"抹脖子大哥自以为想出了一个好主意。

"别！可别！千万别说我想见到他！您也别问他的姓名地址。我也不会去找他！"逸蓝急得面红耳赤。

"这是怎么回事？我倒糊涂了。"抹脖子大哥坠入五里雾中，不知自己是该管还是不管。他明知逸蓝永远也不会知道自己在爱着她，心里一片惆怅。

"是这样的……我借了他一笔钱……要还他……"逸蓝知道抹脖子大哥迟早要问这问题，早就准备了答对，还算妥帖。

"那钱多吗？"抹脖子大哥十分关切，觉着这事透着蹊跷。

"不多……不……多。"逸蓝不知如何回答是好。

"要是太多，你还不起，大哥为你还。千万别自己为难。别看我只是个穷鞋匠，多少也能帮你一把。"

"大哥，谢谢您，这钱我能还得起。"逸蓝又感动又好笑。"可是你既不认识他，他又为什么要借钱给你呢？"抹脖子大哥不放心地追问。

"大哥，您别老逼着我问好不好？这事挺复杂，一句两句的可说不清。您要愿帮就帮我，要是不愿就算了。别这么跟克格勃似的刨根问底。"逸蓝实在没法自圆其说，索性翻脸。耍小脾气是年轻的女孩对呵护自己的男人们极有效的一招。

"好好。怪大哥问得太多了。只是我不知道怎样才能帮你。"抹脖子大哥立刻心软了。

"你就问问他平日什么时间到图书馆来就行了。再问问他爱在哪个阅览室。"逸蓝重又快活起来。

"图书馆里那么大地方，就这么问问你就能找到他？"抹脖子大哥不放心地说，主要是怕完不成逸蓝交办的任务。

"大哥，这要怪你没进过图书馆了。人在那里就像野兽在深山里，每天到哪个地方去喝水，走什么路线，都是一定的。轻易不会改变规律的。"逸蓝解释。

抹脖子大哥若有所思。"好吧。"他说。

"问的时候你可一定要装作不经意，千万不要叫人察觉啊！"

"咱们俩谁更像克格勃啊。"抹脖子大哥苦笑着说。

"每周二、五下午。六楼资料室。"几天后，抹脖子大哥阴沉着脸把一张纸条交给林逸蓝。

他仔细地观察了穿白网皮鞋的男子。的确是英俊而潇洒的。抹脖子大哥因此很想把纸条撕了，虽说他探听出来颇费了点儿心机。撕了纸条逸蓝就可能永远见不到那男人。可是抹脖子大哥不能那样做,逸蓝会难过的。更何况他答应了她。

林逸蓝非常高兴,连连说:"谢谢你!大哥!"

抹脖子大哥什么也没有说,用力为一只红色的女高跟鞋钉掌。

周二下午,林逸蓝走进六楼资料室。这真是一处幽静的所在,偌大的厅里,只有几个人。

她终于看到了那个穿白网皮鞋的高大男子。他正在一面巨大的玻璃窗前潜心读着一本厚厚的专著。

林逸蓝轻轻地走过去,静静地坐在他的对面。她希望他能抬起头,看一眼迁徙来的邻居。大家凝眸的一瞬,她就可以装作极偶然地发现了他……再以后会怎么样,逸蓝就想象不出来了。他是一个那么幽默的人,就得由他多说话。

可惜,那个男人好像冬眠的熊,对外界变化毫无知觉。偶尔活动了一下,逸蓝满怀希望,结果却是他把姿势调整得更适宜长期埋头作战。

这可怎么办呢?

逸蓝咳嗽了一声。声音之大惹得远处的服务小姐都白了她一眼,可是高大的男子仍像老禅入定似的全无反应。

逸蓝真的不知如何毛遂自荐。她耸耸黑羽毛似的眉毛,走到那扇窗前。

斜射的阳光透过镂花的窗帘,像稀薄的云雾,洒在男子的书上。逸蓝的身影把阳光切割成一片迷蒙。

书页上的光线突然昏暗,男人终于下意识地抬起头来。

"噢,是你。"他微笑着露出白贝壳似的牙齿,好像他们昨天才分手。

"是我。"林逸蓝紧张得要命,也许是因为找到他太不容易了。"好长时间没有看见你。"她说,眼睛闪闪发光。

高大的男子很注意地看了看林逸蓝的眼睛。他是过来人了,他读懂了里面的含意,就一字一句地说:"我回家帮我老婆种责任田去了。"

林逸蓝觉得脚下的楼板发生了局部的地震,她必须保持镇静。由于反复的思念,她好像已经和他很熟。其实完全是陌路人。

"没有想到你有自己的家。"她还是如实说出了感受。

"像我这个年纪的人,难道不应该有个家吗?像我经历过那么多苦难的人,难道不可能有位乡下的妻子吗?小姐说这话,实在是恭维我还很年轻。"他温和而沉着地说。

他的平静安抚了逸蓝。是啊,她之所以欣赏他,不就是因了他的机敏和幽默吗?这一点并没有因为他有了家而有丝毫的变化。逸蓝觉得自己太狭隘。

"我叫林逸蓝。你常来吗?"

"是啊。我叫应涤凡。"

"我经常来,可是从没有看到你。"逸蓝没话找话。"来图书馆的人能相遇的机会就是进出大门的一刹那。就像星星,都在那一方穹隆，但相撞的机会几乎是没有的。再说，你是文科，"他看了一眼逸蓝夹的书，"我是理科的博士生。我们道不同，不相谋。"

"你说得很对。我正在做硕士论文，是关于女作家的。"逸蓝很乐意同他谈谈自己的事。

"这倒是一个很有意思的题目。只是要做得好，很不容易。"应涤凡思忖着说。

"我给你讲讲我的构想。分几个部分……"林逸蓝兴致勃勃。

"我以前给过你钱，现在又要给你时间了，而且你似乎并没有经过我的允许啊。"应涤凡截断了她的叙述。

"我可以还的。"逸蓝说。

"钱你可以还，时间呢？时间你怎么还？鲁迅先生说过，浪费别人的时间可是等于图财害命。"

"还时间是件很容易的事情。"逸蓝说。

"你怎么个还法？"应涤凡好奇。

"下次你给我讲你的构想，咱们不就找平了吗？"

"这等于你从我这里拿走了双份的时间，我所学的十分枯燥，你绝不会愿意听的。"应涤凡苦笑着说。

林逸蓝说："那就是你不要我还，而不是我的问题了。"

应涤凡说："我够倒霉的了，义务给你做顾问。你很占便宜的，不是一套体系中的人，也许更可以碰撞出点火花。"

林逸蓝开始讲她的构想,声音大得连自己都吃惊。

图书管理员走过来说:"这里不是会客室。二位如果以谈话为主,就请到别处。"

"我们到外面走走吧。我经常在这里读书,可不能因了阁下的喧哗,坏了我同这里的友好睦邻关系。"应涤凡说。

他们沿着图书馆的林荫道缓缓走着。"……在女作家的共性中可以显著地归纳出以下几点:少年时曾受过较高较良好的教育,青年时对情感世界有强烈的追求,个人婚恋经历的普遍不幸,还有……"林逸蓝侃侃而谈。她知道自己的观点新颖独特,连不苟言笑的陶教授都夸她好几次了。

她半仰着脸,等待应涤凡的反应。走过抹脖子大哥的鞋摊,都毫无察觉。抹脖子大哥把一颗鞋钉差点砸进指甲。

"怎么样?"见应涤凡半天没答话,林逸蓝追问。

"看你这模样,我都不好意思说真话了。"应涤凡说。

林逸蓝说:"你既然这么说,就意味着要说真话了。是吗?"

"为了你的这份信任,我只有用真话来报答。坦率地说,不好。"应涤凡不客气地说。

虽说林逸蓝做好了接受意见的准备,还是吃了一惊。"你不是开玩笑吧?"

"用这么多的时间来开玩笑,实在是咱们俩都消费不起的。"

"哪里不好?"逸蓝停下脚,咄咄逼人地说。事关学术问题,她绝不退让,要捍卫自己的精神劳动成果。

"视角。论文的视角。关键是你始终是趴在地上仰望着观察她们,缺乏一种居高临下的剖析。她们也是女人,普通的女人。你应该高屋建瓴用锋利的解剖刀切割她们的内心和她们的作品,才能写出力透纸背的文章。现在这样,软绵绵的,缺乏必要的张力。"应涤凡一边说着,一边往前走,并不理会林逸蓝的原地不动。林逸蓝为了听到他的话,只好跟上去。

"你说的也许对。"她懊丧地说,"可是我从能把字连贯地读成句子开始,就读她们的小说。我无法从空中鸟瞰她们。"

"那您可以去做服装模特或是公关小姐,顺便说一句,我绝无轻视这两项工作的意思,又何必做这劳什子的论文呢!"应涤凡毫不怜悯地说。

"可我怎么改写呢?"林逸蓝说。

"你不能得寸进尺。"应涤凡无动于衷。

"你得管。好比一个医生一下子说准了你的病,你难道不马上追上去问问怎么治病吗?你不能见死不救。"

"没那么严重。"应涤凡说。

"你看着办吧。"林逸蓝说。

"好吧。算我倒霉,爱多管闲事的人多半没有好下场。我那时不该给你打电话的钱。关于论文,你要多一点儿感性知识。"

"说具体一点儿。"林逸蓝不解。

"近距离地观察几个女作家。把她们还原成有血有肉有过人之处也有令人厌恶的毛病的凡人,就可以有效地提高你的视角,同时给论文增添生动活泼的色彩。也就是说,一般评论作家,都是背对背,你来个面对面。"

"可是……可是……"林逸蓝似有难言之隐。

"你不是要我给你开个处方吗?我也是个文学爱好者,早就想写这样的文章。但我这辈子大概是写不成了。我把这个点子捐给你,好比有人死了以后把眼角膜赞助出来,就成了慈善事业。听不听在你。"

"我不是说点子不好,是我没有这个勇气,登门拜访的勇气。"林逸蓝坦白。

"阁下还研究女作家,连女作家的面都不敢见,这不是典型的叶公好龙吗!好像作家都是狮子变的。"应涤凡不屑地说。

"不是我怕她们,是我怕她们不肯见我。她们肯定忙。"林逸蓝忐忑不安地说。

"这就要看你的手段了。作家重感情,你可以因人制宜找钥匙。我猜在你的心灵深处,也做着当作家的梦,一个明天的女作家去拜会一个今天的女作家,不是再好没有的事吗?"

夜幕悄然降临,他们已经漫无目的地走出很远。

"你给我提了这么好的建议,今天晚上我请你吃便饭。"林逸蓝说。

应涤凡愣了一下。

"好吧。虽说这不符合绅士原则,不该让一位刚结识的女士请我这个大老爷们吃饭,可是我愿意服从按劳分配的原则,自以为这一番高级智力活动是抵得过一顿饭钱的。"

他们一块儿吃了饭,当然是快餐了。从此他们经常会面,不过都是在图书馆。大家的学业都很忙。

"喂!你在谈恋爱啦!"晚平用发布天气预报的口吻说。

"瞎说!他是有妇之夫。"林逸蓝极力否认。

"那么说你是打算当第三者了?"晚平很羡慕地说,"我一直认为,一个女人没有当过第三者,就成为第二者,真是人生的一大憾事。"

"我根本就没有打算介入,连第一者都没有,何来的第三者?我只是同应涤凡在一起时很愉快。"

"刚开始的时候都是这样。我将拭目以待。"晚平饶有经验地说。

抹脖子大哥忧郁地注视着这一切。逸蓝单独走过的时候,还和以前一样,冲他点头微笑。抹脖子大哥知道那笑容不是给他的。那是女孩心中的快乐太多了,像一个装满了水的罐子,一不小心就溢了出来。

"逸蓝,有句话不知大哥当不当说?"抹脖子大哥拦住逸蓝。

"大哥,您都这么说了,我哪还能不听您说?"逸蓝心不在焉——今天是和应涤凡接头的日子。

"小、心、他、骗、了、你。"抹脖子大哥一字一顿地说。

"他没骗我。大哥,您看来了一个修鞋的……"逸蓝跳着跑了。

六楼。应涤凡常坐的靠窗户的座位,像被掘过的古墓,渺无一人。

"请问,他今天没来吗?"林逸蓝问管理员。

"谁?"

"他。"

"他是谁?"管理员硬邦邦地问。

"就是常和我一起来的那个……"

"我怎么会知道是哪个。登记簿在这儿,你自己查。"

登记簿上写满了陌生的名字。

他到哪里去了呢?也许他今天有急事?但逸蓝从抹脖子大哥的话语上,觉得事情有些奇怪。她一定要找到他,要把事情问清楚。

不知为什么,她认定应涤凡就在图书馆。她在庞大的楼层蜂巢似的阅览室里寻找,一张张桌子巡视。每次进去,都要用证件换了座位卡,填好登记簿,片刻之后又急匆匆地跑出来,换回一串串白眼。

终于,在一楼的文艺期刊室找到了应涤凡。

"你怎么会在这儿?"林逸蓝气急败坏地说,好像他们分离了一千年。

"我为什么就不能在这儿?"应涤凡心平气和地反问。

"我到处找你。"

"留神我会害了你。"应涤凡说。

"你怎么会这样说话?"林逸蓝敏感到自己的猜测没有错。

"你有什么尽可以同我直说,何必委托鞋匠?我从来就没有对你有过任何非分之想,你是良家妇女,我也是正人君子。从此咱们井水不犯河水。今天我从六楼迁徙到一楼,就是为了躲开你。可是我不能老是这样,我的专业书籍主要在六楼。于是要恳求小姐网开一面,不要总缠着我。还我一个自由,还我一个清白。"应涤凡强硬地说。

"我什么也没有对鞋匠说。他说的话由他自己负责。我又没有赖着你,你怎么能这样说!"林逸蓝委屈地要哭。

应涤凡觉得自己的话伤人太重,就说:"我们还是到外面去吧,省得打搅了别人。"

路过抹脖子大哥的鞋摊,林逸蓝特意挽了应涤凡的胳膊,昂首挺胸地走了过去。这是她第一次没有同抹脖子大哥打招呼。抹脖子大哥的脸平板得像一块白瓷砖,看了一眼,继续仔细地掌鞋。

"难道你同我的交往,不觉得快活吗?"林逸蓝咬着下唇问。他们落座在一家小小的咖啡厅,因为是端不端正正不正的点,所以很安静。假如答案是否定的,她会义无反顾地走出去,永不回头。

"不。我非常快活。"应涤凡的声音很柔和,咖啡的苦涩从他的心上流过。"我正是被这种快活吓住了。因为我发现你也深深地陷在其中,无以自拔。……哦,小姑娘,不要反驳。我比你有经验,现在事情是真到了一个坎。我不可能离婚。我对我的结发妻子说不上有多少感情,可是我有责任。我始终认为责任是世界上最沉重同时也是最不可摆脱的东西。她含辛茹苦地支持过我,我绝不能抛弃她,这就是为什么第二次见面时我要说那句话。你是个聪明的女孩,你听懂了,我就以为自己没有责任了,可是你一步步地陷了进来。人都有贪恋快乐的天性,我无法超越这个规律。每一次我与你相聚之后,都深深地自责。我比你年长,我比你的社会经验要多,我就肩负着更多的道义上的责任。可是情感的力量是很大的,它就像种子,只要有了水,就会不顾一切地发芽。逸蓝,坦率地说,我有些害怕,我的控制力就要到极限了。我害怕我自己。因为事情再发展下去,很可能会伤害你。这是我所不愿意看到的。适可而止。过犹不及。我们就此打住,再不相逢为好。"应涤凡讲这些话的时候,并不看林逸蓝。他对着空空洞洞的杯子,仿佛那杯子是一个麦克风。

林逸蓝沉思了一下说:"不要把事情说得那么吓人好不好?我不像你想象的那么幼稚。我是一个成熟的女人了。我知道自己应该怎办。如果你是囿于责任的话,尽可以放心,你其实什么责任也没有。我有能力为自己的所作所为负责任。"

应涤凡露出白贝壳一般的牙齿:"你比我想象的要勇敢。"

林逸蓝说:"我们真是一对书呆子。有什么人像我们这样讨论来讨论去的?一点儿激情都没有。"

应涤凡说:"我们终于可以平等地对话了。不要仰视任何人。那样对自己对别人都是负担。"

林逸蓝说:"我们不要老讨论道德好不好?我今天是找你商量重要事的。一位女作家答应了我的拜访。可是我一点儿自信也没有,进了她的家门,我怕自己一句话也说不出来了。"

"不会的!你就把她当成你们同屋的室友好了。"应涤凡给她打气。

"不行。你越这样说越不行。要是你说:你肯定不行,我看你趁早拉倒吧!也许还好一些。"林逸蓝垂头丧气地说。

"那好,我就这样说:林逸蓝,你也太不争气了。女作家也不是母老虎,她既然答应了见你,你还这么胆小,干脆不要做论文,回家刷碗去吧!"

"我已经把底儿告诉了你,你现在就是再这样说,也没有用了。"林逸蓝撅着嘴,连鼻子也耸了起来。晚平说过,她这个样子的时候,最惹人怜爱。

"像你这样软硬不吃的,真没办法。"应涤凡叹了一口气。

"有办法。"

"什么办法?"

"你陪我一道去。"

"我算干吗的?本来两个女人可以促膝谈心说悄悄话,夹进去我一个大老爷们算什么?"

"算我师兄。你既给我出了这个主意,就得扶上战马再送一程。"林逸蓝半是恳求半是央告。

"出了主意,还得实行三包。我们之间交往的尺度由你掌握,缰绳在你手里。我永远不会要求你什么,更不会强迫你什么。但男人的天性规定了我们在这种情形下的自制力是很弱的。这次我答应你,之后我要写一组很重要的文章,咱们就得少见面了。"

林逸蓝向女作家介绍应涤凡时说:"这是我的朋友。"

朋友的含义自然是宽泛而模糊的。本来就很帅气的应涤凡今天特意做了修饰,更显出风流倜傥。林逸蓝反倒比较朴素,一条绣花牛仔裤,一件蝙蝠衫,像个纯情的追星女孩。只有简朴的衣服才能给她以自信。女作家耐心地回答了林逸蓝所有的问题,没有想象中的倨傲之气。林逸蓝就撇开提纲同人家无拘无束地闲聊起来。应涤凡冷眼旁观,在关键时刻插上切中要害的问话。林逸蓝当时未能确切地体会到它们的价值,回来后整理记录时,才感到应涤凡都是点睛之笔。

"祝你的论文成功!祝你们幸福!你们真是很般配。"分手的时候,女作家说。

自以为历尽沧桑洞察世事的女作家犯了绝大的错误。

他们很热情地向女作家道了谢意和再见。到了华灯初上的大街上,突然缄默了。

路过应涤凡的学院宿舍。应涤凡还是拥着林逸蓝往前走。

"你到家了。"林逸蓝悄声说。

"我送你回去,我们有很长一段时间难得再见。"

"就不能邀请我到你的房间里去坐坐?"林逸蓝柔声说。

"我的室友今天刚好不在家。在这种情况下,人是很难把握自己的。"应涤凡的眼睛被渴望和意志烧灼得像两块水晶。

"我讨厌你总要把事情说得那样明彻。为什么一点儿朦胧一点儿诗意都不留?"林逸蓝娇嗔地说。

"因为有根就有叶,有开头就有结尾。假如我们不喜欢那个跋,就不要写序言。"应涤凡恳切地说。

"我喜欢过程。"林逸蓝清晰明朗地说。

小屋到了。

从林逸蓝走进这间小屋到她走出这间小屋,不过两个小时的时间。学校的规矩挺严,她必须赶回去。

她走进去的时候还是一位处女,走出来的时候就是一位妇人了。

"我送你回学校去。"应涤凡体贴地说。

"你不是说要做研究吗?我自己可以回去。"

"你自己走，我不放心。再说，我还有件事要做。"应涤凡和林逸蓝一道在浓密的路旁树影中走着。

"从那条街绕一下好吗？"应涤凡说着，领林逸蓝上了一条灯火辉煌的繁华街道。林逸蓝温顺地跟着，应涤凡上天涯海角，她都会这样亦步亦趋。她嘲笑自己：女人一属于了男人，就这么没出息！

应涤凡松开了胳膊。在大城市里，随时都可能遇上熟人。林逸蓝体谅地同他保持着普通朋友的距离。

"你在门口等我，我去去就来。"应涤凡说着进了一家商店。周围的许多商店都打烊关门了，唯有这家店铺上方的霓虹灯灿烂地亮着：XX药店。

应涤凡走出来，把一个精致的小药瓶填进逸蓝的手。逸蓝凑着变幻的霓虹灯刚要仔细观看药瓶上的字，应涤凡按住她，"回去再看吧。"

林逸蓝说："你病了吗？"

"这是给你吃的药。"

"什么药？我没病。"林逸蓝不解。

"避孕药。就是那种夫妻两地分居，丈夫突然回来时，妻子吃的药。你回去后立刻吃上一片，连续吃上五天。"应涤凡郑重地说。

林逸蓝愕然。她从温馨慵懒中醒来，才知道那件事情拖着一条又长又粗的尾巴。

"你想得还挺周到。"她说。

"女人比男人要难。我不愿意你承受无谓的痛苦。你说过你珍惜过程,但过程之后是有结果的。小姑娘,你可千万要记得连吃五天药。"应涤凡再三叮咛。

这个男人把一切都说得清清楚楚,所有的事情都有言在先。他把自己像个笋子似的剥得干干净净。他将不对她负有任何责任,一切都是她在清醒状态下的自由决定。

这挺好。这才符合林逸蓝做人的脾气。自己做的事,为什么要让别人负责呢?林逸蓝觉得自己挺豪迈。

在离校园不远的地方,他们分了手。"你安心做文章好了,我不会打搅你的。"林逸蓝很爽快地说。

"等我忙完了,就打电话给你。我们一言为定。"应涤凡紧紧地握了一下她的手。

林逸蓝没进宿舍,先拐进洗脸间,掬了一口自来水把那粒红色的药丸吞下,然后把药瓶妥帖地藏在内衣兜里。晚平是个细心人,要是逸蓝在灯光下操作这些事,她非问个底掉。

逸蓝的预防措施完全是多此一举,晚平已经睡着了。

清晨,林逸蓝还没睁眼,就被胃肠翻江倒海的搅动惊醒了。她连连干呕,直到吐出酸涩的胃液。

"你这是怎么了?"晚平一边帮她收拾,一边关切地问。

"闹肚子了。昨晚灌了点儿生水。"

"赶快到校医那儿拿点儿黄连素。"晚平拉着逸蓝去看病。

黄连素按时按响地吃了,一个白天便风平浪静。两个人都安安稳稳地看书。当然林逸蓝极容易走神,思绪像穿了冰鞋,一下就滑到那个高大的男子身上。她禁绝自己去想他,慢慢也见了一点儿成效。

晚上,林逸蓝又背着人吞了一粒红药丸,不过这一次用的是开水。

早晨,一切又像施了魔法似的浮现出来,林逸蓝吐得昏天黑地。

"又拉肚子了?"晚平问。

"没……"逸蓝答。

"甭管怎么说,黄连素加倍。"晚平显得比医生还有经验。

这法还真灵,逸蓝又跟没事人似的了。只是第三天早上,她吐得更凶了。

"逸蓝,你这恐怕不是一般的胃肠炎。我说一句话,说错了你也别恼。你该不是怀孕反应吧?"晚平帮她收拾着秽物说。

逸蓝扑哧一声笑了:"晚平,你想到哪里去了?半个月前咱俩不是一块儿倒霉的吗?"

晚平说:"对了。怪我未雨绸缪。我也不是有别的意思,只是说万一有了这事,得早点儿想想办法。这事拖不起。"

逸蓝说:"好像你多么有经验似的。"

晚平说:"不入虎穴,也可得虎子。这是妇女杂志上长盛不衰的话题。"

但是晚平的话启示了逸蓝,趁没人,她在光天化日下拿出那个小药瓶,说明上赫然写着本品的副作用类似早孕反应。

原来是它在作怪!

逸蓝又坚持服下第四颗红色药丸。那反应越来越剧烈,甚至延续到下午都没有消退。陶教授说:"你做论文也不要太辛苦,你的脸色很不好。"

晚平干脆大叫:"林逸蓝你是不是得了肝炎?我再也不吃你碗里的菜了!"

第五颗红色药丸逸蓝没吃。倒不是成心,而是和教授谈论文的最后定稿直到深夜。再有两个月就要进行学位答辩了,这是最后的修改。身心俱乏,倒头便睡。直到第二天大早她舒舒服服地睁开眼,才记起没吃那魔障。

怎么办呢?时间已经过了,再吃还管用吗?如果没用,还受那罪干什么?可要是万一……不会那么巧吧?真想问问他……不。这事我自己决定……

她不再理睬这件事了。已经吃了四颗,这是一个很大的概率了。

晚平再次"倒霉"的时候,逸蓝一派"幸福"。晚平什么也没说,逸蓝忙说:"我有时不准。"

晚平"哦"了一声。

又过了半个月,逸蓝还是一点儿"倒霉"的迹象也没有,但也没有其他的不良反应。她一时心里很害怕,一时又说服自己,杯弓蛇影,其实什么事也没有。

一天中午逸蓝回来,晚平不在家。床上有个小小的盒子,上写:早孕自我检测盒。

这是谁给她的呢?逸蓝第一个想到的是应涤凡。她当然希望是他,但她知道绝不是他。

他果真再也没有出现过。那么只可能是一个人——晚平。

林逸蓝有点儿恼火。晚平也太机警了,无时无刻不在窥测别人的秘密。可她也感激晚平,自己是一点儿经验也没有的。

检测需要晨尿,逸蓝只好耐心地等待。晚平回来后,什么话也没讲。大家都在小心地回避着什么。

早上,晚平说:"我今天到图书馆去,中午就不回来了。"

"好。"逸蓝说。她一直没敢上厕所,憋着那泡宝贵的试验材料。她要在没人打搅的状态下,严丝合缝地按照操作规程,得出一个确实可靠的结果。

她从来没有这么紧张过。在等待高考分数的日子里,也没有这么忐忑不安。

答案出来了。强阳性。一个毋庸置疑的生命已匍匐在她的体内。在那一瞬,林逸蓝感到从未有过的孤独和恐惧。所有的事情都是有结果的,现在结果就在她的身体内,每一分钟都在不可遏制地长大……

她几乎是下意识地走到了应涤凡的宿舍楼口。她只能来找他,是他和她一道制造出了这件产品,他们要共同负责……

走过摇曳的树林。她听到一句话在树梢响着:我有能力为自己的所作所为负责。

这是谁的话?这是她的话,应涤凡不会不管,可是这的确是她自己的事。林逸蓝孤苦零丁地站在路旁,头脑像煮沸的牛奶一样翻腾。她真希望应涤凡这会儿下楼来,那样就不是她有意来找他,而是无意间碰上了……

她突然愤怒自己为什么这样怯懦!生命既然是自己的东西,用它做了自己愿意做的事,为什么要向别人讨主意?况且他有什么主意?那主意谁都知道,像冰冷的蛇横在面前。

林逸蓝在矛盾中等待着迟疑着。应涤凡没有出现。就是出现了,林逸蓝也不会叫住他。

"孩子,这扇窗户里住着你的爸爸。"她对自己的肚子说。她这才明白自己到这里来,只是为了一个告别的仪式。为了孩子的告别。

林逸蓝在回去的路上,进了一家妇产科医院,打听如何进行人工流产。

"要证明。"医生公事公办还算和气地告诉她。

"什么证明?"她小心翼翼地问。

"结婚证明啊。"

林逸蓝离开了挂着许多宝宝图案的妇产医院。

当她停下脚步的时候,才发现这儿是图书馆。抹脖子大哥的修鞋摊不在了。林逸蓝怅然伫立,以前是多么宁静的时光啊!

她并不是悔,只是不知道下一步该怎么办。她愣怔了一会儿,才明白自己是来找晚平的。虽说晚平晚上就会回去,逸蓝可是一分钟也不愿意等了。

晚平一看见逸蓝,就说:"我们到外面花园去坐坐。"

小花园里景色优雅,每棵花木上都悬着标牌,写明它们的种属和拉丁名。透着知识殿堂里的不同凡响。因为正是读书的大好时光,这里空无一人。

"谢谢你。"逸蓝用手指绞住晚平的手指。

"不必谢。作为女人,这是自救措施。"晚平看着面前的"女贞子"标签说。

"它是阳性。"

"我想到了。"

"怎么办呢?"

"找他。这是两个人的事。"

"不。这是我自己的事。我已经说过由我个人负责。"

"跟他结婚。"

"这不可能。他结过婚，而且绝不会离婚。"

"他骗了你。"

"没有。从一开始他就把事情说得清清楚楚，一切都是我心甘情愿的。"

"你真傻啊！逸蓝。"

"也可能的，但我自己并不这样认为。晚平，我并不是要你来当我的道德法官，是想请你帮我渡过这个难关。"

"这个孩子你肯定是不要了吗？仔细想想！这可是你一生中的第一个孩子！"晚平非常严肃地说。

"在这件事中我唯一对不起的就是这个孩子。可是我没办法。那个孩子现在大约只有一颗黄豆大，他若有知，也会赞同这个意见的。"

"哦！你谋杀了人家，还说人家会投赞成票，太会推卸了！你既然定了，这事就得抓紧。医院是不能去的，那里人多嘴杂。我有一个朋友知道一个私人医生，只是收费高昂，不过技术是很可靠的……"晚平思谋着说。

"你快去找你的朋友，钱的事我来想办法。"逸蓝说。

"好。我走了。那你呢？"晚平不放心地说。

"我在这里安安静静地坐一会儿。"逸蓝疲倦地说。

"你可要保重自己。"晚平不住地叮咛。

"走吧走吧。我绝不会像个失足少女似的去自杀。"逸蓝真心地微笑了。这笑容虽有几分惊慌,却并不凄凉。于是晚平知道逸蓝的确不会被压倒。

晚平走了。逸蓝合上双眼,阳光透过眼皮温暖地照射着神经,红彤彤地好像一片火海。

"告诉我!那个混蛋现在在哪?我替你杀了他!"一声断喝劈头盖脸从天降下,吓得林逸蓝抖个不停,睁开双眼看见抹脖子大哥老槐树似的立在面前,脖子上的伤痕铁链般抖动。

"您怎么会在这儿?大哥!"逸蓝着实吃了一惊。

"你不是总说我没有进过图书馆的大门吗?今天我特意收了摊子,换了一件干净的衣服,预备上这座大楼里所有让人进的屋里都坐坐。事先我都打听了,带个证件就行,没别的手续。谁知我带的是身份证,不行。要工作证。像我这种没单位的人,连图书馆也进不得。到不了里头,我就在这外面逛逛吧。以后跟熟人提起,也不枉我在这图书馆门前摆过这么长时间的小摊。走到这花园,正听见你和小姐妹在说悄悄话,可把我给气死了……"抹脖子大哥吁吁地吐着气,"你说,是不是那个穿白网皮鞋的男人?甭说,就是他!我真后悔。都怪我给你打听来了他的消息,你才落得这么惨……"抹脖子大哥捶着自己的腿。

逸蓝用所有的力量布出一个微笑:"大哥,我没有您说的那么惨,只是遇到了一点儿小麻烦。您不必伤心,这同您没关系。

就是您不告诉我，我迟早也会找到他的。这从头到尾都是我一个人的事。"她反过来安慰抹脖子大哥。

"逸蓝，别逞强。你心里的苦处我知道。你不是就惦记那个孩子吗？逸蓝，我有个主意，你不用操心生下来没人管，就交给我吧，我一定好好待这个孩子，等你什么时候安定了，我再把孩子还你。大哥愿为你做任何事，只要你能快活。"抹脖子大哥动情地说。

逸蓝扶着大哥的手，这不但是一种亲近，更是她怕自己跌倒。"大哥，您的心意我领了。"她低声说，"只是这个孩子是不能要的。一来我还在读书，学校里是不许有这种事的；二来我吃过药，这个孩子恐怕先天会有病。大哥，我会一辈子记得您的好意的！"她说着，有些哽咽。

抹脖子大哥说："哪个男人娶了你，是天大的福气！这是多么大的事，就自己一个人担起来！大哥没别的法子帮你，给你这一千块钱，不知道够不够黑道上的医生做手术的钱？这钱是大哥一个鞋钉一个鞋钉敲出来的，原本今天收了摊想存到银行里去，可巧派上个用场。要是不够，我再给你去凑。千万叫你的小姐妹找个高明大夫，别出了危险！"说着，递过一个汗津津的手绢包。

逸蓝接过那个脏兮兮的小包。隔着薄布，她觉出那些纸币的碎而软。她连谢谢也没说，就转身走了。在她和抹脖子大哥之间，什么都不必说了。她不想让抹脖子大哥看见她的眼泪。

晚平陪逸蓝去做手术，那是一栋普通的居民楼。医生戴着雪白的大口罩，白帽子压得很低。两团惨白的色块之间，是一双毫无表情的单眼皮。只有眼角密集的鱼尾纹给人历尽沧桑的可靠感。逸蓝想出了这间单元房，就是近在咫尺她也绝认不出这位医生。

"我要的价钱是高。可我是有丰富经验的妇产科医生。我保证你们不会出危险，而且还尽最大可能保存你们今后受孕的功能。女人是什么？女人是一个花盆。现在里面长了一颗不合时宜的小苗。我会把苗连根拔掉，又不伤土和盆。今后那里还会长出繁茂的苗。好了，现在我们开始……"女医生说了这一席话，好像是临战前的思想动员，然后就再也不说一句话了。

林逸蓝不断对自己说：不要恐惧！既然你义无反顾地选择了这一切，就应该有勇气承受。

医生的医术的确很好，但林逸蓝仍旧感到刻骨铭心的疼痛。医生把她的身体当成半空的果酱瓶子，搜刮个不停。直到她觉得自己的骨头都掉下了粉末。

终于结束了。

医生走到平躺着的逸蓝侧面，举起环钳上夹着的物体说："喏，看好。这就是取出的胚胎。"

逸蓝在痛苦的朦胧中，看到一扇像梳子似的莹白透明的片状物。"这是他的肋外。"医生指点她。

一滴冰冷的水从逸蓝的眼角逼出，流进耳窝。

这是她唯一的一次流泪。

逸蓝手术后的第三天，开始硕士论文的答辩。早上，晚平偷着用电炉子烧了一碗莲子粥。"大小也算是做一回月子。那位博士老爷倒轻闲，该让他来服侍！"

逸蓝无声地嚼着粥，她要为论文积聚足够的力量。

临出门了。"穿多一点儿。女人这个时候坐下病，不好治的。"晚平谆谆教导。

"好像你生过一百个孩子似的。"逸蓝笑着回嗔了一句。

"倒真是想生那么多，只是先生养不起。"晚平没说"祝你成功"之类的话，就用这句平常话把逸蓝打发走了。

当林逸蓝穿一套黑色西服走上硕士论文答辩台时，她略显苍白的脸庞坚定而宁静。淡淡的忧郁使她有一种圣洁的成熟之美。

论文圆满成功，受到高度评价。

林逸蓝回到宿舍，刚伸开酸麻的腰和脚，就听看门老人喑哑的喊声："林逸蓝电话！"

听筒里传来外星一般遥远的问话："我是应涤凡。你怎么样？"

"我……很好……论文今天答辩……"林逸蓝极力使自己的

手不哆嗦,声音不打战。

"论文当然会是很优秀的!这毫无疑义!我说的不是这个,我是指——"电线那端的高大男子顿挫了片刻,急切地寻找着恰当的词汇。"我是指……一切……一切都好吗?"

林逸蓝当然知道这"一切"的含义。她已经成功地控制了自己的情绪。她用清澈明朗的声音回答:"我一切都好!"

是的。一切都好。

附录：毕淑敏小说作品发表年表

1987年：《昆仑殇》

《送你一条红地毯》

1988年：《补天石》

《非正常包装》

1989年：《君子于役》

《西红柿王》

《紫花布幔》

《术者》

1990年：《雪山上的少女们》

《不会变形的金刚》

《梦幻小屋和蓝手镯》

《看家护院》

《匣子里的水牛》

《教授的戒指》

《白杨木鼻子》

《精品水》

《苔藓绿西装》

1991年：《伴随你建立功勋》

《北飞北飞》

《一厘米》

《捉刀》

《猫头鹰行动》

《转》

《月晕而风》

《阑尾刘》

1992年：《冰雪花卉》

《妈妈福尔摩斯》

《跳级》

《最后一支西地兰》

《女人之约》

《束脩》

《雉羽》

《米字电话键》

《给我一粒脱身丸》

《哈立克》

1993年:《阿里》

《最晚的晚报》

《生生不已》

《原始股》

《不宜重逢》

《蟑螂谷》

《天衣无缝》

1994年:《同你现在一般大》

《预约财富》

《大海里翻了豆腐船》

《预约死亡》

《汗血马尾》

《硕士今天答辩》

1995年:《紫色人形》

《翻浆》

1996年:《假如我出卷子》

《赶考的女人》

《苹果核》

《源头郎》

《斜视》

《赔》

《走过来》

《月饼的故事》

1997 年：《红处方》

2001 年：《藏红花》

《血玲珑》

2002 年：《梦坊》

2003 年：《女工》

《心理小组》

2006 年：《鲜花手术》

2007 年：《女心理师》

2008 年：《银牦牛尾》

编辑说明

一、本套《毕淑敏小说精选集》收录的是作者从发表处女作《昆仑殇》至2012年创作的全部小说作品（《花冠病毒》除外），共收录67篇。

二、所有篇目依据小说题材分为三个系列，各个系列又根据写作年代按照编年体的形式排序，共22个单行本。三个系列分别是反映早年西藏军旅生活题材的第一系列——藏北拾莲；反映孩子成长教育问题的第二系列——杏坛暖语；反映社会现实问题和医学问题的第三系列——浮世医心。

三、早期小说作品中，内文有很多方言用法和专业术语以及一些早年的具有时代烙印的特殊词语，在参阅之前出版过的图书版本和比对专业工具书的基础上，遵循使出版物的编校更规范和合理、且不改变文字词意和语境的原则，做了一些小的调整。

四、书里的照片是作者各个年代的珍贵留影，读者在分享作家不同时期不同岗位的风采时，亦能以此为径，更好地理解作家以及作品。

五、附录所收录的毕淑敏小说作品发表年表，大部分中短篇依首发杂志年份排序，其他中长篇则依出版时间为序。特此说明。

图书在版编目（CIP）数据

女人之约／毕淑敏著．－－北京：新星出版社，2017.1
ISBN 978-7-5133-2464-9

Ⅰ．①女… Ⅱ．①毕… Ⅲ．①中篇小说－小说集－中国－当代 ②短篇小说－小说集－中国－当代 Ⅳ．① I247.7

中国版本图书馆 CIP 数据核字（2016）第 304975 号

女人之约

毕淑敏　著

责任编辑：汪　欣
责任印制：李珊珊
封面设计：一千遍工作室

出版发行：	新星出版社
出 版 人：	谢　刚
社　　址：	北京市西城区车公庄大街丙3号楼　　100044
网　　址：	www.newstarpress.com
电　　话：	010-88310888
传　　真：	010-65270899
法律顾问：	北京市大成律师事务所

读者服务：010-88310811　　service@newstarpress.com
邮购地址：北京市西城区车公庄大街丙3号楼　　100044

印　　刷：	北京鹏润伟业印刷有限公司
开　　本：	889mm×1194mm　　1/32
印　　张：	6.25
字　　数：	120千字
版　　次：	2017年1月第一版　　2017年1月第一次印刷
书　　号：	ISBN 978-7-5133-2464-9
定　　价：	24.00元

版权专有，侵权必究；如有质量问题，请与印刷厂联系调换。